U0613350

有缘有幸同斯世

金耀基　著

SPM 南方出版传媒　广东人民出版社

· 广州 ·

图书在版编目（CIP）数据

有缘有幸同斯世 / 金耀基著 . —广州：广东人民出版社，2018. 9
（2020. 1 重印）

　　ISBN 978－7－218－12975－4

　Ⅰ . ①有… Ⅱ . ①金… Ⅲ . ①散文集－中国－当代　Ⅳ . ①I267

中国版本图书馆 CIP 数据核字（2018）第 131231 号

YOU YUAN YOU XING TONG SI SHI

有缘有幸同斯世

金耀基　著

版权所有　翻印必究

出　版　人：肖风华

主　　　编：李怀宇
责任编辑：李展鹏　张　静
装帧设计：张绮华
责任技编：周　杰　吴彦斌

出版发行：广东人民出版社
地　　　址：广州市海珠区新港西路 204 号 2 号楼（邮政编码 510300）
电　　　话：（020）85716809（总编室）
传　　　真：（020）85716872
网　　　址：http:// www. gdpph. com
印　　　刷：阳谷毕升印务有限公司
开　　　本：787mm×1092mm　1/32
印　　　张：5. 75　字　数：120 千
版　　　次：2018 年 9 月第 1 版　2020 年 1 月第 2 次印刷
定　　　价：68. 00 元

如发现印装质量问题，影响阅读，请与出版社（020-85716849）联系调换。
售书热线：（020）85716826

金耀基（左）与他的父亲金瑞林（右）

金耀基（左一）随老师王云五（左二）参观台北故宫博物院
（1966年11月）

金耀基（前左二）在老师王云五（前左三）寿宴前（1977年7月
15日）

金耀基与他的家人。后排左起：金耀基、金培基（大哥）、金林基（五弟）。前排左起：金母范相春、金漪涟（姐）、金父瑞林

钱穆（前左二）、金耀基（前左三）、孙国栋（前左四）、谭汝谦（前左五）在香港中文大学新亚书院广场（1978年10月8日）

李约瑟博士（右一）来访，在香港中文大学新亚书院云起轩宴聚
（1979年）

钱穆（左三）与李约瑟（左四）在香港中文大学新亚书院宴聚。
鲁桂珍（左二）、马临（左五）、金耀基（左一）陪同（1979年）

小川环树（左）与金耀基（右）在"第三届钱宾四先生学术文化
讲座"上（1981年）

杨勇（左一）、饶宗颐（左二）、金耀基（左四）与小川环树
（左三）在香港中文大学山头（1981年）

朱光潜（中）偕其女公子（右）来访，金耀基（左）陪同（1983
年）

钱穆（右二）与朱光潜（左一）在香港中文大学新亚书院会面，
钱夫人（右一）与金耀基（左二）陪同（1983年2月）

时任香港中文大学校长李卓敏（右四）到新亚书院，金耀基（左四）时任新亚书院院长（1978年9月18日）

费孝通（左）来访，与金耀基（右）在香港中文大学宿舍金寓（20世纪80年代）

郑赤琰（左一）、金耀基（左二）、郭益耀（右二）及郭夫人
（右一）与黄石华（中）在新亚学院张丕介教授半身铜像前（2015年）

李沛良（左一）、乔健（右一）、金耀基（右四）等与李亦园
（右二）（20世纪80年代）

自 序

"逝者如斯乎，不舍昼夜"，不经不觉，我已是八十有三的人了。在八十年的人生中，从20世纪到21世纪，这段岁月恰是中国历史（甚或人类历史）上一个发生巨变的大时代，我深以为我与同生这个大时代的人有一大因缘。对我这个八十后的人来说，与我"同生斯世"的有三辈之人：我的前辈（父辈、师辈）、我的同辈和我的后辈（子孙、学生辈）。进入老年后，常不由然会念想一生中与我"同生斯世"的师友。迩来，猛然觉到我的父辈、师辈之人今日大都已经仙逝，而与我同世代的朋辈友好也有不少已是驾鹤远去的了。人生感慨，实多深矣。

这个文集收录的是近三十年中我书写父亲，三位老师，十位前辈，八位同世代的朋辈友人的文字，大都是在他们身后对他们的追思之作，而有的则是在他们生前因不同机缘，为他们书写的，但今与他们已是人天永隔，这些书写也变成对故人所作的纪念文章了。本书中所写人物，父亲外，王云五、浦薛凤、邹文海三位先生是我亲炙的老师，钱穆、徐复观、李约瑟（英国）、小川环树（日本）、狄培理（美国）、朱光潜、李卓敏、费孝通、黄石华、龚雪因诸先生则是我前辈人物，蔡明裕（日籍华人）、孙国栋、马临、逯耀东、刘述先、郭俊沂、

1

李亦园都是我同世代的朋辈友人。文集中还收入我写给爱华女史的一信，这是我对她夫婿林端教授的哀思。林端、爱华伉俪都是学界中人，也是我学术上的知音。

特别要说的是，这本文集我所悼念、纪念之人，都是与我"同生斯世"的有缘之人，他们每一个都曾为这个世界增添光辉与温情，他们更都使我的生命意义变得充盈、丰实，我之能与他们"同生斯世"不只"有缘"，更属"有幸"，真的是"有缘有幸同斯世"。

当此文集付梓之际，回顾我八十余年历程，真还有许多"有缘有幸同斯世"的亲人、师友，他们先后已离开这个世界，这个文集未有我对他们的书写，但他们永存我心。

此书的附录是我五十二年前为殷海光先生《中国文化的展望》一书所作的书评。殷海光先生是20世纪五六十年代台湾一位思想界的领袖人物。我有幸在他晚年成为他"无不可与言"的年轻后辈。我的《从传统到现代》一书与殷先生的《中国文化的展望》是1966年同年出版的，我们的专业不同，视域有异，但对中国之必须现代化的看法，甚多吻合，可说殊途同归，志同道合。殷先生之于我，实是"平生风义兼师友"，殷先生去世前，我对他当年的"新著"写了一篇书评，殷先生亡故，我当年无有悼文，但于他去世五年后（1971），我在1966年所写书评前加上了一段话（那时，殷先生的新著已成遗著），以表我对斯人斯书的志念。殷海光先生诚亦我"有缘有幸同斯世"之人。

金耀基

2017年8月立秋后

目 录

2

人间壮游

——追念王云五先生

今天是王云五先生逝世二十周年，今天在这里追念云五先生的人，很多像我一样，是他的学生，凡是亲炙过云五先生的人，对他都会有无穷的怀念。但是云五先生不止属于他的亲人、他的学生，或跟他做过事的人，云五先生是属于他的社会、他的国家的。怀念他的人是无数识与不识的人，而他二十年前已走进了中国的历史。二十年来，世事已有了巨大的变化，时光已模糊了多少人的面貌，但是王云五先生给我们的印象依然是何等的清晰，他鲜明地活在我们的记忆里，他不止在人间有九十二年的壮游，他也继续在历史的长廊中壮游。王云五先生是20世纪中国的一代奇人。

我们今天在这里追思怀念的王云五先生，确确实实称得上一代奇人。通过一些历史的距离，我们现在更能清楚地看到王云五先生的奇特，更能体认到王云五先生的不同凡响。云五先生出身于平凡的学徒，他受的学校教育不满五载，他的学问都来自苦读勤修，十九岁任中国公学教员时，购《大英百科全书》一部，穷三年的光阴，一字一字地通读一遍，实世所罕见，而其兴趣之广，毅力之坚，着实令人惊叹。云五先生正式的学校教育虽短，但他自少至老，不论是在做学徒，或

1

任内阁副总理时，总是手不释卷，眼不离书。他曾说："宁一日不食，不肯一日不读书。"而他所读之书，不受学术范畴或界域之限。由于他对知识之饥渴，古籍今书固然无所不读，中文的或英文的更是无分轩轾。云五先生说："中文，我想老翰林也没有我读的古书多；而英文，博士和专家也没有我看的书广。"他的渊博反映在他一百多种的著作中，也反映在他指导撰写的三十二篇的博士与硕士论文中。这使他生前享有"活的百科全书"与"博士之父"的雅号。在学术分裂，专业化愈演愈烈的今日，出现像云五先生这样"文艺复兴式"的通人可谓百年难得一有。

正由于王云五先生多方面的兴趣、知识与才能，他在中国20世纪的大舞台上，扮演了各种不同的角色，每个角色他都全心地投入，每个角色他都做得有声有色，大出版家、教授、民意代表、社会贤达、"内阁副总理"、文化基金会董事长、"总统府资政"……云五先生精力充沛，拥有巨大能量，是一个有光有热的放射性人物，应该特别指出的是，云五先生自始至终是一个书生，但却不是一个传统式的书生。不过，他又具有传统的"士"的意识，他不应考，不竞选，不求官，他对国家事，对社会事，则有强烈的关怀。早在1911年，他二十三岁，是年，武昌起义成功，孙中山先生返国抵沪，当选中华民国临时大总统，香山同乡会设宴欢迎。先生被推为欢迎会主席，致词陈说中华民国建国的意义，大为中山先生赏识，遂邀他担任临时大总统府秘书。民国政府成立，蔡元培先生首任教育总长，先生投书提出关于教育（特别是高等教育）的建议，在他，只是尽书生之"言责"，而蔡先生激赏之余即复函邀先生到教育部相助。先生以一席谈话，以一纸意见书，受到孙、蔡二位的青眼相加，这当然反映出云五先生有第一等的口才，有第一等的识见。像20世纪许多卓越的读书人一样，云五先生是一位有深厚民族情怀的爱国之士。1937年，日本发动全面侵华战争，中国陷入了空前危难。云五先生奋起参与政事，自庐山谈话开始，到抗战时期的国民参政会，战后的政治协商会、制宪国民大会、行宪国民大会，他以一个社会贤达的身份，以国家民族之利益为重，在党派冲突纷争之中，不时发出公正中肯之谠论。无论在促进抗日的团结上，或在推行国家宪政建设上，云五先生都发挥了书生论政的杰出作用。1946年，政治协商会议结束，蒋中正诚邀先生担任经济部长，翌年，转任国府委员兼行政院副院长，1948年，改任财政部长。抗战惨胜之后，民力凋敝，而内战方殷，人心浮动，国事在可为与不可为之间，先生则但问事之应为与不应为，全力以赴，不计个人之利害得失，先生之勇于任事，怯于透过的大臣风格，最为蒋中正所理解，退居台湾之后，蒋在建设台湾过程中，对云五先生礼敬有加，先生先后被邀请出任"台湾故宫博物管理委员会"主任委员、"考试院"副院长、"行政院"副院长，并先后主持行政改革委员会、经济动员委员会等。1963年12月，先生以年逾古稀，坚请谢政后，转任"总统府资政"。先生出任这些官职，或应付时难，或调和鼎鼐，或张立制度，或举考人才，都是为了做事。做事，他是当仁不让的，他对自己的才能也从不低估，他是一个极有自信的人。如果不是身处一个以党治国的局面，先生或者早就是"内阁总理"了。反之，先生以无党无派之身，却屡屡受邀出任政府高职，不能不说是一异数，不能不说是蒋中正对先生有特殊的知遇。应该指出者，云五先生后半生的大部分生命跟他同代的许多贤能之士一样，都无私地贡献给了台湾，台湾现代化之所以有今天成就，与云五先生那一代人的辛勤耕植是分不开的。遗憾的是，他们都没有见到中国大陆的翻天覆地的变化。但我相信，埋骨于台湾青山的云五先生，一定高兴知道中国大陆的学林出版社出版的《王云五论学文选》已在内地发行了。

云五先生曾在一篇纪念张菊生先生的文章中说："要评论一个人，应把握住他的中心。"我觉得这句话用在先生身上并不容易。因为先生兴趣才能是多方面的，而他的时代与国家在多方面都需要他。事实上，他的成就也是多方面的，他是一个有多中心的人。不过，如果我们一定要找一个中心的话，那么，云五先生在商务印书馆的事业应该是他的中心。他说："所谓中心是指他大半生所从事的工作。"的确，云五先生大半生所从事的工作就是推广和发扬学术文化的出版事业。1921年，先生以胡适之先生的推荐，出任商务印书馆编译所所长，自此与商务结不解缘。除了1946年至1963年，从政离开十八年，自壮至老，他都在商务，足足四十年之久。先生在商务，他自始就得到张菊生先生的全面信任，以是，他能够放手做事，展布经营之大才。他引进科学管理，推动多种大部书计划，业务蒸蒸日上，使商务成为中国最大的现代型的出版社。先生主持商务期间，商务三度毁于国难，而他三度使之复兴，先则遭"一·二八"之巨劫，继则有"八一三"之厄运，太平洋战事突发，香港商务基础尽毁，先生在危难险阻之际，无不艰苦奋斗发挥了卓越之毅力与智慧，使商务于劫难中一起再起，日新又新，稳然居于中国出版界之重镇地位。云五先生相信，学术文化为一国之灵魂。他办商务就是为了中国的学术文化，商务除供应教科书工具书外，更着眼于整理古籍，介绍新知，提升学术。在先生主持下，《万有文库》、《大学丛书》、《中国文化史丛书》、《四库珍本》、《云五社会科学大辞典》、《中山自然科学大辞典》、《中正科技大辞典》、《人人文库》、《岫庐文库》，先后问世，对学术文化之贡献，在我国出版界，无出其右。抗战期间，先生以商务总经理身份考察美国出版事业，《纽约时报》以整整半版的篇幅专文介绍，标题是《为苦难的中国，提供书本，而非子弹》。的确，经过云五先生手中提供的书本真不知多少，20世纪的中国读书人恐怕很少是没有读过商务出版的书的，云五先生一生与商务有不解之缘，先生与商务是无法分开的，他是商务的伟大斗士与化身。

王云五先生一生多彩多姿，以一个小学徒出身，受正式学校教育不过五年，但卒能赢得"博士之父"的雅号，成为内阁副总理，成为世界的大出版家。"王云五"三个字已成为一个符号象征，它象征了一个贫苦无依的人的奋斗成功的故事。这个故事会世世代代地传下去，"王云五"三个字也会世世代代地传下去。

云五先生自谓人生若壮游，他九十二年的生命，确是一次壮游。先生在1961年一篇纪念爱迪生的文章中，曾提及他所作的一首《反李白春日醉起言志》的诗，这首诗是：

> 处世若壮游，胡为不劳生。壮游不易得，岂宜虚此行。偶尔一回醉，终日须神清。雪泥着鸿爪，人生记里程。豹死既留皮，人死当留名。盛名皆副实，人力胜天成。人人怀此念，大地尽光明。

云五先生这首诗，是夫子自道的言志诗，最能说出他的人生观。李白的诗，主旨是"不要劳其生，不妨终日醉"，云五先生则积极进取，他认为"得生斯世，无异壮游，壮游难得，不宜虚生。人人抱着不虚生的信念，必须努力对这个世界有所贡献"。的确，他一生服膺爱迪生的生活哲学，那就是"工作、工作"。云五先生自十四岁做小学徒起，就一直没有停止过工作，他一生做了别人三辈子的事。他的一生，不但没有"虚生"，并的的确确对这个世界有所贡献，的的确确是一次有光有声的壮游。

二十年了，云五先生离开我们已整整二十年了，但是，他没有真正离开这个世界，一生壮游中，他在这个世界留下无数的足印，他已走进了历史，我们今天在这里怀念的是中国历史中20世纪的一代奇人。

1999年8月

王云五先生墓志铭

王云五先生号岫庐，原籍广东香山，1888年阴历六月初一生于上海，1979年8月14日卒于台北，在此九十二年生命中，正值一非常之时代，云五先生在人间作了一次极不平凡的壮游，他在文化、教育、学术、政治各方面重大之贡献在世上留下深刻的迹印。

先生出身寒素，少时尝为五金店学徒，所受学校教育不满五载，然自十五岁起，半工半读、亦工亦读，至老不休，曾谓宁一日不食，不肯一日不读书：先生学问皆来自苦读勤修，十九岁任中国公学教员时，购《大英百科全书》一部，穷三年光阴通读一遍，其兴趣之广、毅力之坚，可见一斑。先生于学无所不窥，乃罕有之通人。1954年讲学政治大学政治研究所，十三年间博士硕士出其门下者百余人，国人尊之为"博士之父"，先生一生未进大学，无一纸文凭，而得此称号，可谓杏坛奇事。

民国十年（1921年）先生经其中国公学学生胡适之推荐，出任商务印书馆编译所所长，自是与商务结不解缘，自壮至老，凡四十年，心血尽注商务，先生掌馆时，实行科学管理，开拓文化疆域，发扬国故，输入新知，网罗全国学术精英，编印《四部丛刊》、《大学丛书》、《万有文库》等书，气魄宏伟，识见深远，领导书界与新教育连成一气，出书之多与精为全国冠，中国读书人鲜有未读商务书者，商务曾三度毁于国难，而先生三度使之复兴，故言商务必言先生。先生诚商务之伟大斗士与化身也。先生不止为大出版家，其论著多至百千万言，而中外图书统一分类法之设计更属创举，四角号码检字法尤戛戛独造。晚年主持中山与嘉新二文化基金会，皆吾国前未曾有，允为文化事业之新猷，至于兴办私人图书馆之志，民十三年（1924年）东方图书馆已创其绪，1972年以所藏书及房产设立云五图书馆，殆遂其素愿耳。

先生一介书生，无党无派，不竞选、不应考、不求官，惟于国是则言其所当言，行其所当行，卓见宏识，英年早发。宣统三年（1911年），先生二十三岁，以一席议论受国父中山先生赏识，邀其担任临时大总统府秘书。民国成立，蔡元培首任教育总长，先生与之无一面缘，以提改革建议，蔡先生即驰书请其到部协助，终成莫逆。抗战军兴，国家多难，先生以在野之身，翼赞中枢，谠论庙议，风动四方。民卅五年（1946年）以还，为报先总统蒋公知遇，历任"经济及财政部长"、"行政""考试"两院"副院长"、"行政改革委员会主任委员"等职。或应付时艰，或调和鼎鼐，或张立制度，或举考人才，义之所在，全力以赴，毁誉无所萦于怀。做第一等事先生固当仁不让，做第一等官则进退有度。不矫情，不恋栈，五十二年谢政，还其初服，重返商务。无论为官为商，始终不脱书生本色，若先生者，真第一等人也。

先生家庭美满，德配徐夫人净圃、馥圃，生有七男一女，皆有成就。孙、曾孙辈数十人，各在海内外发展。先生重亲情，但所遗子女者仅少许心爱字画，其余一切悉献社会。

云五先生自谓人生斯世，好像一次的壮游。而今先生伟大之壮游已止，惟先生人间的遗爱无止尽。

1980年4月　门人金耀基恭撰
达县张光宾敬书

（此墓志铭原文用民国纪年，收入本书时，编者增加了公元纪年的括注，并将1949年后的年份改为公元纪年。）

指南山麓的那段日子

——怀逖师·忆师母

二十一年前，我考入政大政治研究所。政治所那时阵容不算大，但教授大都是名满一时的学人，所长是浦薛凤逖生先生。逖生先生早年是清华名教授，以《西洋近代政治思潮》一书享誉士林。此书与萧公权先生的《中国政治思想史》，皆是千锤百炼之作，可说是国人论中西政治思想的双璧。当时，指南山麓校舍简陋，图书不全，唯学术气氛极浓。师生论学辩难，尤为融洽。真可说师生有别而无隔，长幼有序而不生疏离。这种人际的关系与那时的竹篱平房、小桥流水的自然风物，显得特别谐和。廿余年来，物换星移，人事多变，但每一回忆，总有无限亲切。

政治所教授中，逖生师是比较严肃的。尽管在讲堂内外，逖师可以议论风生，引人入胜，幽默风趣兼而有之，但他给我的总印象是严肃的，是一种温润的严肃。逖师的严肃只有在他夫人浦陆佩玉师母面前才完全地溶化，而只剩下温润的一面了。浦师母是一位辩才无碍、人情练达、才干出众的女性。她跟我们的谈话中，处处显出她的见解，但也处处总以逖师为主题。每当师母讲话时，逖师总是含笑颔首，击节称赏，有时还会情不容已地赞美。逖师是一位出色的讲者，但在师母面前他是一个最好的听众。我们在校时，逖师每年至少会邀请学生去他家吃一次饭。有精致的菜肴，有欢欣的气氛，而最令人难忘的是逖师与师母那种相敬如宾的情景。师母有她自己的事业，但在家中，她是以逖师为中心的。师母是那样无微不至地照顾逖师，也那样亲切地招呼逖师的朋友和学生。我相信，逖师在公务丛忙的生活中，仍能手不释卷，孜孜于学问的研究与著述数十年如一日，实不能不归功于师母。早于1938年出版《西洋近代政治思潮》时，逖师在序中就说："此稿之成盖有赖于吾妻佩玉之鼓励者实多，谨此献致，聊表感激。"逖师与师母之间的感情，不只有东方的情调，也有西方的趣致。

自政大毕业后，还不时有机会见到逖师和师母的风采。但自1962年，逖师赴美讲学后，音讯就少了。同学聚首时少不了互询逖师的近况，少不了悠悠的怀念。1964年，我与家洋兄出国去匹兹堡。在一个假期里，我们在纽约见到述兆和德声二兄。一见面就不由不谈起指南山麓，一谈到指南山麓，就不由不谈起逖师。于是，不假思索地，我们就去桥港探望逖师与师母。车行数小时，到了桥港，问到了逖师的居处，但逖师与师母却先二日到他处旅行去了。人生如飘蓬，聚散有缘，在师门逡巡少许，在薄暮中，我们怅然离去。

桥港寻师不遇之后，忽忽十余载。我知道逖师在桥港大学，先是访问教授，由于逖师的学养与教学受到该校师生的敬重，访问期满后被恳切挽留，并聘为学绩卓越教授，近年荣休后，肩担轻松，不时与师母云游各地。我偶尔在传记文学看到逖师忆旧的文字，虽属小品，但辞藻华美，结构严整，极见逖师的风格，睹文思人，聊解渴慕。

前年（1976年）5月，我从英国剑桥到美国剑桥，在MIT

11

访问研究。一日从余英时先生口中得悉逖师正也在剑桥，这真是出乎意外的喜息。我当即打电话给逖师，并于当日下午4时到温德尔街拜见了阔别多年的逖师与师母。逖师没有什么变化，神态语气都跟政大时无别，师母则变得很多，头发白了，人也瘦了许多许多。这是入眼的第一个印象。逖师为我介绍，说了几遍，才唤起了师母的记忆。师母的亲切依然，但反应与行动都迟缓了。逖师与师母相敬如宾之情致一如往昔，不过，当年逖师家中欢欣的笑声，已变为恬静的依依语丝。在我们谈话时，逖师不时地关注着师母，不时地对师母轻轻叮咛！傍晚时分，逖师的公子与媳妇回来了，杨联陞夫人还带了亲烹的菜肴来，这间白色的花园屋里顿时热闹起来。

逖师知道我还未见过哈佛的杨联陞先生，就主动要陪我去拜访他。杨先生是逖师在清华的高足，此后他们一直保持着深厚的师友之情。他就住在邻街。我对杨先生钦迟已久，自极思登门一见。在绿荫蔽日的途中，逖师除谈起不久要在清华学报发表的论文外，整个话题都环绕着师母的健康。他告诉我师母年前患了肠癌，动过手术后，体力大减，记忆力也受了严重影响。逖师自己也得了同样的病，这想是因为逖师太爱师母而起，经开刀后已经痊愈。我暗暗为此欣幸，否则现在逖师就无法那样无微不至地照顾师母了。见过杨先生，我陪逖师回家，在夕阳晚风里，挥挥手，逖师穿过绿篱，进入白屋，依稀间我见到师母迎着逖师。

去年岁末，收到逖师一封短笺，惊悉师母已于9月3日仙逝。翘首云天，感触低回者久之。逖师与师母素来相敬如宾，到了晚近几年，更是相依为命。死者已矣，生者何堪？师母在逖师无比情义的关爱下，子女皆卓然有立，且孝心肫肫，想必会含笑西归，但逖师失去了半个世纪来形影不离的老伴，内心的哀恸，又将如何？

今晚读到逖师悼念师母的诗文，至情至性，感人肺腑。读及"'恐吾伤心，卿终忍泪，思卿恸哭，吾欲断肠'，无论天国永生，抑或轮回转世，期有其一，俾得再聚"句时，怃然无语！

师母去了，但她留给逖师，留给她的亲友、学生无穷的回忆！今春，我在台湾商务印书馆见到逖师，他又回到了故土，精神奕奕，专心于学术出版的事业，相信，逖师在台湾更能寻回师母遗下的温馨踪影，而逖师在的地方，我们也终难忘指南山麓的那段日子。

1978年7月8日于香港

天涯点滴悼景师

景苏师（邹文海先生）去世的消息是我中学老同学陆民典博士告诉我的。民典的老太爷是景师的好友。民典知道我一直关念着景师的病情，所以当他从报纸看到这则不幸的消息时就立刻打电话告诉我。我忘了当时跟民典说了些什么，但我当时很深切地体认到这件事的悲剧性的意义：我再也见不到这位可敬可亲的师长了。

景师的死，引起我无穷的感触，又一度勾引起我对生命最终意义的严肃疑问。在这个"上帝退隐"的"世俗之城"里，对这样的人类最终的疑问，每个个人已孤独地被迫提供"自我铺设"的宗教的或哲学的解答。可是，我的疑问只终于疑问，而非终于解答。当时，我觉得我有一种冲动的需欲，一种与人"交换痛苦"的需欲。因此，我写了一封悼念景师的信给坚章。在与坚章做交换痛苦的需欲的过程中，我似乎解脱了一些，也似乎渐渐有勇气去接受这一不可能接受的事实。

景师走了，远远地走了。可是，景师走得越远，我们似越能体认到他的整全的存在；景师走得越远，我们似越觉得他是那么地接近我们。真的，景师根本不会真正离开我们。他原来一直都在我们心中。的的确确，不管你的心地是怎样狭小，总不难留出一个空间来给景师的。在充满虚伪、疏离的世界里，谁又能不希望有这样一位师长长永地活在你的心中？

指南山麓留给我许多常青的回忆。那蓝天、绿田、小石桥、淙淙溪流……都是我喜爱的，但是令人慕念不已的还是良师益友的声容音貌，在1957年到1959年那七百多个日子里，我虽不曾全忘于采撷知识的花蕊，但我曾沉湎于编织人生的梦景。政治学是一门"可能的艺术"（the art of the possible），但指南山麓的青藤绿叶却允许我编织"不可能的梦景"（the dream of the impossible），景师就是永远一方面教导我们"可能的艺术"，一方面鼓励我们怀育"不可能的梦景"的。其实，景师自己就是生活在现实与梦景之间的人。

景师从不唱高调，也从不做教条式的讲话，因为他了解教育与宣传不是一回事。他爱国之心极深，但他更清楚，作为一个学人，对国是的态度不必在"替政府抬轿"与"为反对而反对"两个极端的路向上选择一条。他对现实世界有很深的苦闷，但他对现实世界的态度却不是鄙视，而是关怀。景师一点也不热衷"政治"（世俗之人所了解的政治），但他却十分用心于"政治"（政治学中所讨论的政治）。就政治思想与行为来说，景师是中国儒家传统与西方自由主义传统下的精良产品。他不把学术与政治看成对立物。显然地，景师不接受奥古斯丁以来视政治为罪恶的一派之看法，而较接近中国儒家及亚里士多德等对政治之观点。他认为研究社会科学的人应该有参与政治的心念。在1968年11月24日景师给我的信中，有一段这样的话：

> 吾弟出处，治学或从政，皆是相宜，惟择一而专心为之，成就必更大。余并不主张都走向治学之途，尤其研

究社会科学者，本有用世之心，有适当机会，不妨努力为之。

景师的话或许是有感于我在政治所毕业后，徘徊于学术与现实工作之间，而二无所着而发的。这应该是对我个人及其他与我有相同情形同学的一个最贴切的教诲。但这话更证明景师对政治的肯定，对现实世界的关切。

景师在思想上虽然受儒家传统与西方自由主义传统的影响，但景师是第一流的知识分子，却不是中国的士大夫，是极出色的学者，却不是西方学院型的学究。他是突破超越这两个传统的人。他的突破不是用力的，他的超越是自然而然的。中国儒家与西方学院系统下的"执着性"与"机括性"全不在景师身上留下痕迹。他，冬天，一顶鸭舌帽，一袭青袍，那样洒脱；夏天，赤身露肚，全无遮碍，何等自在。景师不是酸儒，亦不是蛋头，他的人格世界有一种特有的风姿与艺术性。景师像一首诗、一幅画。善读诗者，必能体味到这是一首真意流动的无隔好诗；善读画者，必能欣赏这是一幅天机洋溢的无隔好画。我常以为景师是最使人产生"无隔"感的。我每次有幸向他请益，总为他那份"真的自然"所吸引，总为他那份"自然的真"而神往。因他有"真的自然"，所以特别可亲；因他有"自然的真"，所以特别可敬。坚章在1970年2月12日给我的信中说得好：

在众多的人物中，有不少是可敬的，但并不可亲；也有许多是可亲的，但并不可敬；可敬与可亲兼备，并达到邹师者，实在太少……也正因为如此，在公祭那天……不仅与祭者为之悲恸，所有在场的其他人士，也几乎都为之落泪。事后殡仪馆的执事人员也说，场面大的他们见得多，但在公祭中感人之深者为之仅见。

坚章兄这几句简单的话曾把我带到那天公祭的现场，也让我参与分受了同学的那份悲恸！

景师的"人格世界"在基本上是"中国的"，但他的"学术世界"则似乎是"西方的"。景师饱览中西典籍，尤倾力于西方的政治思想与制度。景师的书不但读得广，而且读得深，不但读得深，而且读得活。因此出于景师手下的文章总是有广度，有深度，并且真正成为他自己的。当我在台大读书的时候，偶然间接触到景师的《代议政治》一书，开卷之后，便不容不一口气读完，我不只为他精邃的见解所折服，也为他清新灵透的文字而醉心。几年以来，我曾读过好几遍，每读一遍，都有新的收获。这是政治学著作中一本真正成熟的佳构，此书不只展示了高度的学力，并且还显示了作者敏锐的透视力与执简驭繁的综合力。此书真可担当得起王荆公"看似寻常最奇崛，成如容易却艰辛"两句诗的赞美。可憾的是，景师没有一个较好的研究与写作环境，否则我们一定可以品尝到更多的学术佳肴。

曾经亲炙景师的人是有福的人，他的人格精神将永远或多或少地影响我们，至少会使我们在这一"失落的时代"中抓到一些可以"认同"攀援的东西。现在，我们作为学生的应该作一种努力，将景师的零星文字汇编整理出来，由同学集资刊印行世，让门墙外面的学子也有一见景师的"学术世界"的机会。但这不是一桩简单的工程，因为景师最有成就的西洋政治思想史，虽然已列有大纲大目，并且已大都陆续单独成篇，但有些重要的题目还只有口说（课室中发表的），而无笔墨。因此如何把口说形成文字，如何把散落的断简零篇集为脉络一贯的整体，依个人所见，恐怕只有待专治西洋政治思想史并极有心得，而且又与景师十分接近，像坚章兄那样的人才能担承起这份重组、整编的工作。此外，假如有哪位同学能够为景师编一个完整的年谱，以彰显这位现代学人，这位现代知识分子的生平事迹，那不但是对景师的最佳献礼，并一定是与景师识与不识的人所感激不尽的。

日前收到日青兄的信，说政研所第四期年刊将出版纪念景师的专号，让每位同学写一点纪念性的文字。我很谢谢日青兄不遗在远的友情，给予我一个机会，坐下来静静地回忆指南山麓的前事往景。真的，我又依稀地看到那蓝天、绿田、小石桥……那鸭舌帽、那青袍……我又一遍遍地诵读着那首无隔的诗，品赏着那幅无隔的画！

1970年4月28日深夜于匹城

"相思"欲静，而山风不息
——敬悼父亲（一）

4点50分整，在午后一个会议中，工友静静地开门进来，交给我一张纸条："金先生，急事！请回电话。Wendy。"Wendy是我的秘书，不是有要紧的事，她不会打断我开会的。

"有什么急事？"

"金先生，坏消息，请您控制一下……您老太爷下午4时在台湾去世了，是心脏病。金太太打电话来，她刚接到台湾的长途电话。"

这是我最担心的事，真的发生了，也终于发生了。我一直怕台湾的长途电话，就是怕听到这件事。父亲是八十二岁的老人了。是的，他很健朗，今年暑假还见他每晨腰骨笔挺，握管疾书，机场分别时，人群中还一眼就看到那一袭笔直的长衫，那浓浓的长眉、炯炯的眼神。但每次离开他老人家，总不禁想起他的年龄，总禁不住会往那方面想，何况前些日他老人家的肝炎又曾发作过一次。不过，父亲11月28日的信不还是那样清晰有力？哪里有半丝迹象呢？不想我担心的事真的还是发生了！父亲11月28日的信竟是他给我最后的手教了！而松山之暂别竟是我与父亲最后的诀别！这我又怎肯相信呢？！

离开会议室，匆匆返三苑的寓所，脚步总快不起来，走十五度的斜坡，身子如负千斤。蓝天依然，碧海依然，同事见面的挥手依然，我的世界却再不会一样了。信箱中再不会有父亲的来信，松山机场再不会见到那一袭笔直的长衫，那浓浓的长眉、炯炯的眼神了。那对浓眉与炯炯的眼神，我们兄弟小时候都有些怕意，大了以后才越来越觉得慈祥。自做了人父，我们才真正体会到父亲不只可敬，而且可亲，但我们都不曾说出来。父亲与我们不是无话不说的，感情的话总是埋在心里，他对我们如此，我们对他亦如此。上次机场叩别时，他也只淡淡地说：“暑假有空可回来聚聚，大家都高兴。事情忙就不必，你那边工作一定很多的。”唉！暑假还会再来，却欢聚已不可再得！走着，思着，父亲的身影在泪光中徜徉浮现，正想认清些，山风却又把他吹散了。

回到三苑的家，妻无言地迎着，眼圈红红的。

“爸爸是4点时去世的。爸爸去时很安详，母亲他们都在身边。”妻强自抑制，仍不免凄咽。小鸣，我们最小的孩子，一边用手在额上胸前划十字架，一边偷偷看着我和妻。他读的是教会小学，他知道划十字，但他真懂得什么是死吗？他真认识他的爷爷吗？是的，他认识爷爷的。每次问他记不记得爷爷，他就会用夸张的字眼和手势描写爷爷的眉和眼，就像我们小时候一样，带一些敬畏的怕意。我反而暗暗庆幸，庆幸他不真认识那眉和眼，庆幸他不真认识他有一位这样好的爷爷。真的，何必让孩子也负担那份大人懂事的悲怆？

晚上，接通了台湾的长途电话，兄弟间话还未说，声音已经哽咽，培哥、裕哥、树弟、铭弟断断续续告诉我父亲去世的情形，当谈及丧事安排的时候，再也无法讲下去，也无法再听下去了。人子失落父亲的哀痛又如何能由言语承载！母亲二次接过电话，只叫了我的名字，已经痛绝无声。我只远远听到涟姐要母亲勿难过的泣声，当母亲呼唤我时，我竟木然，拿着话筒无语以慰，泪汩汩流下，是自怨，是惭愧，还是只有哀伤？我接过妻轻轻送来的手帕。母亲也快八十了，她与父亲结缡以来，相敬如宾，六十年的厮守，双亲早已化二为一，而今父亲撒手仙去，残缺的一半将何以堪？

妻无语，我也无语。回到书房，妻静静地在书桌上放了一杯清茶，又无语地走了。

今晚无月，窗外山坡上一排排常绿的"台湾相思"，仍隐约可见，还不时听到它们在风中的萧萧。展开父亲的手稿，睹物思人，使我更接近父亲些，使我多少也像在台湾的家人一样伴侍在他老人家身旁，一样的无言，一样的伴侍。多年来，我们几次敦促父亲写些他过去的事，他总说没有必要。六年前，他经不起我再三的请求，才用毛笔行书写了这本薄薄八十页，不过一万余字的自传。父亲字临王羲之、颜鲁公，虽不是书家，却有帖意，秀逸浑厚兼而有之，很能显露他的性格。自传里所述的事，不是什么丰功伟绩，但却真实地显出了一个做人的道理，一个做人子、做丈夫、做人父、做朋友，做一个君子、一个好人的道理，也真实地显出了一个读书人服务政界所表现的忠于职、勤于业、勇于负责、以德自修、唯法是尚的精神。是从父亲的身上，我肯定中国传统道德伦理的价值，也是从父亲的身上，我体认到做人是件如何庄严艰苦的事！父亲没有留给子孙什么财物，但他老人家遗留给我们一份作为人子最可珍贵的礼物——他使我们感到清清白白，他使我们拥有一个"独行无愧其影"的人父！

夜阑人静，摩挲手稿，一切都似旧，一切也都已两样。书在而人已云亡，"相思"欲静，而山风不息！

1977年12月21日晨3时于香港

奔丧
——敬悼父亲（二）

12月21日，仓皇踏上中华八二八客机，只带了妻为我收拾的几件轻软衣服与用品，但这次台港间海峡飞行却是如此沉重！

一舱的旅客，为何都那样喜形于色？"先生，您要看报？"邻座的中年男子好心地递过一份报纸。他旁边的女士想必是他的太太。我还未接过报纸，他跟着说："您去台北公事？观光？"

我摇头，问："你们呢？"

"我们去看他父母，顺便在台度假。"那位女士兴奋地抢着答。

呵！我也曾经有过这样的喜悦，也曾有过希望别人知道自己喜悦的冲动。现在呢？我不嫉妒，只突然涌起一份从未有过的自怜。

机外，白云悠悠，太多的回忆，一切如在眼前，一切又都似遥远得无从捕捉，但我记得清清楚楚，父亲答应明春来港小住的。妻与孩子早就在盼望了。

机身着地的撼动，震散了我的回忆。当步出候机室时，远远就见到裕哥、树弟在招手，他们臂上的黑纱麻布是那样触目！培哥、铭弟也都在。只是父亲不见了。这些年来，他老人家每次都来松山接我送我的。他对小辈总是那样地客气，总是那样认真地看待每一次的接与送，每次，我一抬眼就先看到他那笔直的长衫，那浓浓的长眉，那炯炯的双眼。我又禁不住抬眼，但所见的只是一片人海，茫茫的。

"我们走吧！我们先去看爸。"培哥哽咽着，他憔悴得可怕！

父亲被殡仪馆工作人员从冷冻间移出来时，我心如刀割。泪光模糊中，父亲浓浓的长眉依然，但炯炯的双眼已紧紧合闭。一声声的呼唤，都投入无底的黑色苍穹。台北香港，近在咫尺，而我竟无缘见父亲临终一面，哪怕是炯炯慈眼的一瞥。

父亲的灵体很快就被移回了。寒战战，屈膝叩别。从不曾有这般的无奈和无力。

离开殡仪馆，民权东路万家灯火，我竟觉在陌生的路上。

踏进南京东路的家，一片寂静。客厅已转为灵堂。往日我嫌太嘈杂的欢笑已不在。一群侄儿侄女都坐在桌边，跟着嫂子和弟妹们折着元宝。

灵台依边墙上，父亲的像栩栩若生，炯炯双眼又在浓浓长眉下射出慈光，只还是一语不发。下面竖着木牌——"显考金公讳瑞林府君之灵位"。在垂泪的烛边，放着一封信，好熟悉的笔迹，是我的！"耀弟，这是你的信，爸没有收到就去世了。我们代为拆开了，放在这里让爸看。"涟姐凄楚地在旁解释。啊！父亲，您为什么那样匆匆？连我已发出的信都不及看就走了？！最近事忙，少写信，这封信是出完试卷后就赶着写的。早知这样，再忙，又何尝不能抽出时间？！自责又有何用，幽明两路，一切都已太晚。燃三支香，默默叩拜，焚了信，借一缕清烟，禀呈孤往青冥的父亲。

"妈在房内，有人陪着，你进去，小心些，见到你，怕她受不了。"已记不起谁在叮嘱。

拖重重脚步，强自镇静地进入房间，母亲已闻声从床上下来。趋前迎着满脸泪痕的高堂，"儿啊，你爸走得太快了！"母亲无力地摇着头。那灰白的头发在灯光下是何其灰白啊！"妈，爸这样走，不痛苦，是无疾而终，他也是八十多的人了，您要想开些。"这是人人会说，但也是我唯一能想得出的话。说着再也不能控制夺眶而出的泪水，而我也再说不下去了。还亏嫂子弟妹们把母亲扶回床上，只听母亲凄叹着为什么不能跟父亲一起去。母亲出自名门，近六十年前，后母把她许给深山冷坳的小村中一个穷年轻人，从此二人连理同根，甘苦共尝，这个穷年轻人，人穷志不穷，离开了深山冷坳，苦学奋斗，没有依凭和援助，终于靠着他的品格、学识和政声，望重桑梓，成为乡里第一人。深夜，大家围在床前，母亲服了安眠药，还是睡不着，她躺着泣述父亲的生前事！

父亲的友好乡人，都那样热心帮忙，棺木很顺利买好了，是上好肖楠的，一位乡长辈徐先生把棺木上下左右，一寸寸地检查过，连棺底都看了。"金先生生前为人忙，我们一定要他死后睡得安安稳稳的。"我连感谢都难启齿了，他又岂是为了我们的感谢？寿衣也做好了，是一位同县裁缝亲手做的。他平常都把这些工作发包给别人做，因是父亲穿的，他和太太亲自赶工，一丝都不肯马虎。为了找墓地，乡郊已跑过几次了。七十多的蒋老伯自告奋勇，带我们兄弟披荆斩棘，在乱草横生中，走过一个个山头。我们歉疚地要他休息。"你们父亲为了帮朋友觅墓地，不知爬过多少次山，他年纪比我大得多！"啊！父亲，这几天我好惭愧，惭愧是我知道您太不够了！父亲，您会中意我们选的墓地的，我不懂风水，但这是一个风景秀丽的山头，青山有灵，也会感到有幸埋您清骨！

12月25日，回台第五天，父亲大殓，我们决定等明年1月26日公祭出殡时再发讣文，大殓的凄苦只想限于亲人。但上百的至亲好友还是在细雨凉风中来见合棺前的父亲一面。

3点半，家祭开始，培哥持香带领我们到冷冻间，看父亲穿上寿衣，再慢慢将他接迎到灵堂。父亲的样子好安详，像睡着一般，这样我们才放心，母亲见了会好过些的。真的，我们真担心她老人家，她也快八十了，还有着心脏病，刚才裕哥扶她入灵堂时，哀号悲呼，多么凄其摧裂！现在母亲总算静下来了，她是为着祭吊的礼数而强忍住的，她瘫痪地、含屈地坐着。灵堂的挽联在哀乐凄风中微微飘动："六十载结缡，化身为一，一旦伤心成独活，那堪白首两分袂；万千日相守，甘苦与共，遽而怆痛分两界，唯期来生续今缘。"上款是"春山夫君灵前"，下款是"未亡人范相春泣挽"。

4时，大殓的时刻到了。灵帏内，带泪的脸围绕着父亲，挤得满满的，最小的孙女小清清五岁，央人抱着她看爷爷。母亲佝偻的身子越发佝偻了，她弯着腰，端详着父亲，脸色苍白得跟父亲一样，只是更多泪水滚动。我们不忍她多看，又不忍不给她多看看。

一条条被覆盖在父亲身上，接着是手杖、扇子……最后，是几样父亲生前喜欢或常伴的东西。四书、《唐诗三百首》，王羲之的《圣教序》、毛笔、墨盒、墨、宣纸，还有他手著的《命学指南》和一本《太上感应篇》。四书是父亲十岁时就读了的，他专攻法律，礼佛，但一生立身行事则完全是儒者本色，四书一直是他常读的。《唐诗三百首》也是他喜欢的，父亲娴于诗文，最爱李青莲、杜少陵。十四岁时，所作诗文，已为乡里称羡，天台县令金汤侯先生，闻而传见，以青莲"高松来好月"句属他对，他即应声以少陵"野竹上青霄"之句对答，天衣无缝，备受赞许。相信父亲在天上地下一定乐于咏诗遣时的。父亲热爱书法，最崇王羲之、颜鲁公，王的《圣教序》是他常临的，他从小就能写擘窠大字。最近十几年，每日勤练，从不间断，去世前几天还应邀写了一幅颜鲁公的《争座位》准备送去展览，遒劲浑厚，极得颜之神骨，树弟、铭弟听说父亲常用之铜墨盒不能入棺，两天前还特去买了一个上好石墨盒，也真算是一番孝思。《命学指南》是父亲在1952年出版的，他研究命理，始于1914年，公余之暇，每以推论命造为乐，这可说是他最大的业余消遣，可惜他子女中无一人对此有心得，我更是一窍不通。《太上感应篇》则是父亲自1964年春间起，每日都要念诵三遍的。我们把他手写的一本留下作纪念，五兄弟及涟姐每人手抄一段，合成一册，书面则由父亲晚年最亲近的孙女娃娃写好，父亲大概会同意我们这样做的。

盖棺的刹那，又不忍地扶母亲过来看一眼，让她向她结缡六十载的老伴道别。母亲的泪已干，声已哑。

钉棺的声音，惊醒我，父亲是真正离开这个世界了！

返港的前夕，时近午夜，人都散了，房里只剩下母亲、娃娃和我。娃娃从小就跟爷爷奶奶的，她是爷爷的"掌上珠"。

"娃娃，还不去睡！"

她站在我旁边，看我写信："三叔，我能问您一个问题吗？"娃娃讲话很小时就这样有条理的。

"好的。"

"爷爷真的上天了吗？"她用小手往上指指。

"嗳，是的！"

"您说真有天堂？老师说没有看到的是不能信的。"

"没有看到的不一定都不能信。你希不希望有天堂呢？"

娃娃稚气地点点头，然后回到奶奶的床上，自己盖上了被。

七天，回台已一周了，丧假已满，我必须走了。真想悄悄地走，反正父亲也不会再去机场的了。

1978年1月2日深夜于香港

在历史中的寻觅
——忆国学大师钱穆先生

　　8月底自欧洲开会、旅游后转抵纽约长子润生家。9月1日，在香港中大同事给我的传真中，惊悉钱宾四先生于8月30日谢世了。内子元祯与我相对怃然，太息久之。从1977年以来，钱先生在我夫妇心目中，不只是一位望重士林的国学大师，更是一位言谈亲切、风趣可爱的长者。

　　9月3日，从纽约返港后，即参与中大及钱先生生前在港有关的教育文化机构筹备追悼会的事。校方决定由我与新亚书院院长林聪标教授代表香港中文大学专程到台北参加9月26日钱先生的祭礼。香港各界并定月之30日在马料水中大校园举行隆重之追悼仪式。钱先生一生从事学术与教育，创建新亚也许是他所花心血最多的。钱先生担任新亚创校校长达十五年之久，新亚创校初期，风雨如晦，鸡鸣不已，当时无丝毫经济凭借，由于他与唐君毅、张丕介诸先生对中国文化理念之坚持，在"手空空，无一物"的情形下，以曾文正"扎硬寨，打死仗"的精神，克服种种困难，终于获得雅礼协会、哈佛燕京社等等的尊敬与支持，到1963年新亚与崇基、联合两书院结合成为香港中文大学。新亚自此得到了一个经济上长远发展的基础，而也就在这个时刻，钱先生决定自新亚引退了。他这种"为而不有"的精神正是他所欣赏的虚云和尚的人生态度。虚云和尚在七十八高龄之后，每每到了一处，筚路蓝缕，创新一寺，但到寺院兴建完成，他却翩然离去。钱先生虽离开新亚，新亚还是与他分不开的。我之有幸与钱先生结识，也纯缘于新亚。

1977年7月，我承接新亚院长之初，曾去台北士林素书楼拜谒宾四先生。在中学时，已读钱先生的《国史大纲》，但从未与先生见过面，那是我第一次见到这位久所仰慕的大学者。虽然初晤，但钱先生温煦和蔼，讲话娓娓动人，令人如坐春风。钱先生不多虚语，却甚健谈。他善于讲，也善于听，始终给人充分空间，不会自说自话。告辞时，钱先生送我，一再说"一见如故"，还说我们有缘。自此之后，我每次返台，只要时间许可，一定去素书楼，一谈就至少二三小时，几乎次次在钱府午膳，常常品尝到钱夫人精致的小菜。在早时钱先生体力尚好，他与夫人有几次还陪我夫妇游阳明山、北投诸景。钱先生喜欢风景，即使眼力不佳，也丝毫没有减少一近山水的兴头。素书楼，有松有竹，园不算大，但自有风致，进门斜坡路上两旁数十棵枫树尤其摇曳多姿。园中一草一木，大都是钱先生与夫人亲自选择或种植的，他与夫人在楼廊闲话时，抬眼就可欣赏到园中的青松。今夏自素书楼搬到市区后，尽管钱夫人把客厅的一桌一椅布置得与往昔一模一样，但新居无楼无廊，更看不到廊外那株枝干峻拔的青松了。

钱先生以九十六高龄仙去，一生在学问与教育事业上有如许的大成就，可以说不虚此生。报载钱先生"生于忧患，死于安乐"，宾老离开这世界时确是平平静静的。我最后见他的一面是在今年6月"国是会议"后的第二天，那时他刚搬去杭州南路不久。像往时一样，他坐在与素书楼客厅同一位置的同一张红木椅上，面容消瘦，但那天精神比一年前所见似要好些，只是绝少开口了。记得他要了支烟，静静地抽着，听到我与钱夫人提到熟悉的事，他安详地点头，偶尔还绽露一丝笑容。是的，近二三年来，钱先生健康明显差了，记忆力也消退了，我已再享受不到昔日与宾老谈话之乐了。倬云兄去年在见了钱先生后跟我说："一位历史巨人正在隐入历史。"诚然，宾老不死，只是隐入历史。

宾四先生的一生，承担是沉重的，他生在文化倾圮，国魂飘失的历史时刻，他写书著文有一股对抗时流的大力量在心中鼓动，他真有一份为往圣继绝学的气魄，他的高足余英时先生以"一生为故国招魂"来诠释这位史学大师的志业宏愿。从结识钱先生后，我总觉得他是很寂寞的，他曾说很少有可以谈话的人了。应该说自"五四"以来的学术大气候流行后，钱先生在心灵上已是一位"流亡的文化人"了。他与当代的政治社会气候固不相侔，与当代的学术知识气候也有大隔，但他耐得住大寂寞，他有定力，他对自己有些著作之传世，极有自信。他曾特别提及《先秦诸子系年》这部书。多年来，他的著作在内地受到批判，但近年，他的书一一在内地重版问世了。这一点，他是感到安慰的。宾四先生的寂寞主要靠书、靠做学问来消解，上友古人，下与来者，自然有大共鸣。有一次我问："先秦诸子不计，如在国史中可请三位学者来与您欢聚，您请哪三位？"朱子、曾国藩，他略作思索后说，第三位是陶渊明。钱先生的心灵世界是宽阔的，他在古人的友群中，有史学的、理学的、文学的。对于中国文化的欣赏，他是言之不尽的。记得最后几次谈话中，他强调了"天人合一"的思想。

这几晚，在深夜，不时展读钱先生先后寄给我的三十余通亲笔函。1977年最先两封是毛笔写的。钱先生的字自成一体，清逸中带凝重，规矩中有洒脱，书趣盎然。不久之后，由于患黄斑变性症眼疾，目力大减，钱先生改用钢笔或原子笔，到了后来，目力又弱，所书常是一字叠在另一字上，而封面则由钱夫人代写。钱先生一生多在读书写书中度过，晚年眼疾，既不能读，又苦于写，一定给他许多痛苦。我知最后几年他写文章全凭记忆，而钱夫人胡美琦女士则成为他唯一的依靠。为了整理宾四先生的旧稿，胡女士需一字字诵读，钱先生则一边听，一边逐字修改。一遍之后，复又一遍，如是者再，可谓字字辛苦，得来不易，而数百万言的书稿就是这样整理完成的。识者都了解，没有钱夫人，钱先生不可能享此高寿，更不要说他离开新亚之后，还有这么多著作与世人见面了。故我一谈到钱夫人，钱先生的门生没有不油然生尊敬感激之心的，而钱先生在内地的几位子女对钱夫人的由衷敬爱，我是目见的，胡美琦女士是钱先生的真正知己，也是真正在钱先生大寂寞中生大共鸣者。

十三年来，在与钱先生的交往中，有太多可以怀忆的事。我始终视钱先生为前辈长者，由于我无缘跟他读过书，故他一直以朋友之义待我，与我成为了忘年之交。一次钱先生问内子本姓与祖籍，元祯告以姓陶，祖籍无锡，钱先生笑说："那我们是一家人呀！在无锡，钱陶是一家，钱陶是不通婚的。"他曾尝过元祯烹调的无锡肉骨头，居然大加夸奖，说是有家乡味。元祯绝少参与我的事，即使我在新亚主办的几个讲座，她也鲜少参与，唯一的例外是钱先生在"钱宾四先生学术文化讲座"中的六次讲演，总题是"从中国历史来看中国民族性及中国文化"。她次次都在座，并且听得津津有味。的确，钱先生的演讲是名副其实地又演又讲，并且深入浅出，曲曲传神。他自己讲得投入，听众也投入，无怪乎当年他在北大成为最受欢迎的教授之一，而有北胡（胡适）南钱之说（当然这不仅仅是指二位的演讲出色而已）。不过，钱先生的口音却只有江浙人才能心领神会，广东籍学生就听上三数个月，也只能"见木不见林"（只能听懂人名地名，但掌握不到整个演讲的内容）的。钱先生倒不觉得他的话不标准，在讲座开讲前，他的新亚老学生问他要不要提供翻译，意指译为粤语，钱先生似明不明地反问："需要译成英语吗？中国人怎么听不懂中国话呢？"

新亚的"钱宾四先生学术文化讲座"每年邀请国际上卓有成就的中外学者演讲，英国的李约瑟博士与内地的朱光潜先生担任讲座时，钱先生特地来港晤聚。前者是彼此相慕已久，东西学术巨子的见面；后者是四十年不见的老朋友的重晤，当时在香港文化界都成为盛事与佳话。新亚有几个讲座与学人访问计划，当我告诉钱先生新亚有意邀请内地学人交流访问的构想时，钱先生是最支持这一想法的。他认为中国只有一个，学术文化在政治之上之外，香港在内地与台湾的学术文化交流上应该有重要作为，钱先生对学术文化的交流有独特的看法，他说学术思想是"文化财"，文化财的交流是，你有了，我也不会少，彼此都有益，彼此都会富有些。钱先生对于中国文化之存于天地之间的信念，丝毫不怀疑，他对1978年后内地的改革寄以希望。由于客观的政治环境，宾四先生自1949年南来香港后，再未曾踏上内地一步，但他对神州故土之怀念是无时不在的。当我1985年去内地前，钱先生知我要去无锡、苏州，特别高兴，说我一定会欣赏无锡的太湖景色，并且嘱我一游苏州拙政、网师诸名园之外的耦园，耦园是他念念不忘的当年著述游息之处。宾四先生对于故里的情怀，溢于言表。

灯下，写此短文时，宾四先生生前种种情景，一一重来眼前，他在我夫妇心目中，一直是一位言谈亲切、风趣可爱的长者。现在长者已去，他已隐入历史之中，后之来者，只有在历史中寻觅他的声音容貌了！

1990年9月14日深夜

成立"钱宾四先生学术文化讲座"
——并迎钱先生返新亚讲学

一

新亚书院的创建是基于几个读书人的一个理想和信念。这个理想和信念就是要承继中华传统,开展中国文化。二十九年前诞生之时,新亚的经济物质条件是极端地贫缺的,但由于这一理想和信念的推动,新亚的创办人钱宾四、唐君毅、张丕介诸先生和先驱者却在"手空空,无一物"的情形下,兴发"千斤担子两肩挑"的豪情。

二十九年来,新亚历经多次人事的递嬗、制度的变革,出现了几个阶段的发展形态。每个阶段的发展形态尽有不同,但对于新亚原初的理想与信念之向往则并无二致。今日,新亚成为中文大学有机的组成,坐落在山岩海深、地厚天高的马料水之山巅。从历史的发展看,新亚又进入另一个阶段了。在现阶段的新亚,我们自不能停留在过去,但我们相信新亚是发展的新亚,必也是历史的新亚,我们从历史中来,也向历史中去,我们珍爱新亚的历史,并且特别企慕新亚创始的文化理想与信念。

二

新亚作为中大成员书院之一，自与她的姊妹书院一样，担负大学共同的教育使命，但亦与她的姊妹书院一样，应继续发展其各别的传统，建立其各别的风格与面貌。新亚今后的发展，途有多趋，但归根结底，总以激扬学术风气，培养文化风格为首要。因此，我们决意推动一些长期性的学术文化计划，其中以设立与中国文化特别有关之"学术讲座"为重要目标。也以此，我们发起"新亚学术基金"之筹募运动。关于此，我曾于去年11月提出这样的构想：

"新亚学术讲座"拟设为一永久之制度。此讲座由"新亚学术基金"专款设立，每年用其孳息邀请中外杰出学人来院作一系列之公开演讲，为期二周至一个月，年复一年，赓续无断，与新亚同寿。"学术讲座"主要之意义有四：在此"讲座"制度下，每年有杰出之学人川流来书院讲学，不但可扩大同学之视野，本院同仁亦得与世界各地学人切磋学问，析理辩难，交流无碍，以发扬学术之世界精神。此其一。讲座之讲者固为学有专精之学人，但讲座之论题则尽量求其契扣关乎学术文化、社会、人生根源之大问题，超越专业学科之狭隘界限，深入浅出。此不但可触引广泛之回应，更可丰富新亚通识教育之内涵。此其二。讲座采用公开演讲方式，对外界开放。我人相信大学应与现实世界保有一距离，以维护大学追求真理之客观精神，但距离非隔离，学术亦正用以济世。讲座之向外开放，要在增加大学与社会之联系与感通。此其三。讲座之系列演讲，当予以整理出版，以广流传，并尽可能以中英文出版，盖所以沟通中西文化，增加中外学人意见之交流也。此其四。

在理想上说，我们当然希望可以设立多个学术讲座，但衡情量力，非一蹴可几，所以，我们决定先以港币四十万元成立"钱宾四先生学术文化讲座"。我们所以首先设立"钱宾四先生学术文化讲座"，其理甚明。宾四先生为新亚创办人，一也；宾四先生为成就卓越之学人，二也。新亚对宾四先生创校之功德及学术之贡献有最深之感念，所以，我们用钱宾四先生之名以名第一个学术讲座。当我们宣布筹设"钱宾四先生学术文化讲座"之计划时，立即得到新亚师生、校友以及大学内外友好的热烈反应与支持，而本院许多校董先生更热心支持，慷慨解囊。最难得的是本港商界两位隐名人士得悉此讲座计划，即凑出讲座所需之数，使讲座得以提前一年开始。这种种反应实在是很令人鼓舞的，更高兴的是我们又获得钱先生的首肯，接受我们的邀请，担任讲座的首讲者。钱先生为第一位讲者，无疑使此讲座大为出色，而且更赋予讲座一特别的意义。

三

钱宾四先生，不但创建了新亚书院，而且担任了十五年的院长。在新亚开创阶段，艰难万状。1956年8月1日钱先生在新亚书院概况序中有这样一段话：

新亚书院之创始，最先并无丝毫经济的凭借，只由几位创始人，各自捐出少数所得，临时租得几间课室，在夜间上课而开始，其先是教师没有薪给，学生无力缴纳学费，学校内部，没有一个事务员和校役，一切全由师生共同义务合作来维持。直到今天，已经过了六年时期，依照目前实况，学生照章缴纳学费者，仍只占全校学生总额百分之三十，学校一切职务，仍由师生分别担负，全校仍然没有一个校役。

在他主持新亚这些年头，钱先生说他是以曾文正"扎硬寨，打死仗"这两句话来打熬的。的确，当时的艰苦，书院随时可以遇到绝机，但他常说："只要新亚能不关门，我必然奋斗下去，待新亚略具基础，那时才有我其他想法之自由。"新亚在钱先生与师生的努力下，克服无数困难，渐渐得到了外界的欣赏与承认。1953年，雅礼协会代表卢鼎教授来远东考察，对新亚的理想与奋斗，表示敬意与同情，并于次年，正式与新亚合作，开始了新亚的新里程。1959年起，香港政府也开始直接资助新亚。1963年10月17日，香港的第二间大学——香港中文大学在社会各界的要求下正式成立。新亚与崇基、联合两书院一起参加中大并成为大学的三个基本成员书院。这是新亚发展史上的另一个里程碑，也是香港高等教育史上的一个里程碑，这时，新亚才有了一个长久垂远的基础。而也就在这个时候，钱先生内心已决定要辞去院长的职务了。

四

钱先生辞职的理由，有的"关涉到现实俗世界方面的"，但也有关于"理想真世界"的。他在现实世界完成了创办新亚的事业之后，就决定回复自我，还归真我的面目。他说："人生有两个世界，一是现实的俗世界，一是理想的真世界。此两世界该同等重视。我们该在此现实俗世界中建立起一个理想的真世界。我们却是现世界中之俗人，但亦须同时成为一理想世界中之真人。"

当新亚在困境时，他从未轻言辞职，待新亚有了基础时，他就决定引退了。那时钱先生是七十岁，已逾了退休年龄，但他的精力绝不需退休，他的经济亦不可能退休。可是，他的辞意是坚定的。他根本就没有计划到此后个人的生活。他在一篇有关他辞职的演讲中，讲到一个关于僧寺的故事。这个故事是讲虚云和尚，他说：

> 我在几年前读虚云和尚年谱，在他已跻七十八高龄之后，他每每到了一处，筚路蓝缕，创新一寺，但到此寺兴建完成，他却翩然离去，另到别一处，筚路蓝缕，又从新来建一寺，但他又翩然离去了。如此一处又一处，经他手，不知兴建了几多寺。我在此一节上，十分欣赏他；至少他具有一种为而不有的精神。他到老矍铄，逾百龄而不衰。我常想，人应该不断有新刺激，才会不断有新精力使他不断走上新的道路，能再创造新生命。

熟知钱先生与新亚的人，当会同意这则寓意深长的故事最形象化地刻画了钱先生与新亚的关系。他筚路蓝缕，创建新亚，新亚既已办好，他就翩然离去了。这正是他"为而不有"的精神。他离开新亚后，并没有再去创一新亚，但他却完成了跟创一新亚同样有价值的工作，他在离开新亚后几年内完成了五大册的《朱子新学案》。我常觉得钱先生做人做事做学问，总是那么执着，却又是那么灵空。择善而固执是豪杰，"为而不有"的灵空则更是真人了。

五

钱宾四先生已八十四高龄，且困于黄斑变性症眼疾，不良于行，然先生犹肯越洋来新亚作一系列之学术演讲，此可见先生对新亚之深情厚意，至老弥增。而先生之因讲座来，更可见先生对新亚学术文化生命之重视，固无异于其创校初始时也。讲到这里，我们应该特别指出，钱先生此次之能越洋返校讲学，实大有赖钱夫人胡美琦女士的专心照顾。原来，我们是很想请一位同仁去接迎钱先生的，但钱先生在信中，在长途电话中都坚决表示，由其夫人陪同即足。事实上，这许多年来，钱先生从日常起居到书函著作，无一不靠钱夫人的悉心照应。自与钱先生结缡以来，钱夫人无一日忘记自己学问之研究，今年且完成《中国教育史》一书。同时，更无一刻疏于对钱先生的侍候。钱夫人实在是一位难有的奇女子，这是我们在欢迎钱先生时不能不说的。

最后，我想再讲一件极有意义的事件。现在，钱先生不但来新亚讲学了，而且他与夫人还带来了《朱子新学案》的原稿，送给中大新亚的"钱穆图书馆"展藏。钱先生十四年前于辞职演讲时，曾表示将来他会抱着研究朱子的书稿回新亚来，现在，他果然实现他的许诺了。我们认为这是一份无比珍贵的礼物。这份礼物的意义是学术性的，也是历史性的。我们相信一间学府，贵能垂之久远，要垂之久远，则必须以制度为重，庶不致人在事举，人去事息。但一间伟大的学府，则在制度外，还需靠人物赋予风格与精神；而最能传人物之风格与精神者则莫如其书稿。我们能得到钱宾四先生的书稿，则五百年后新亚的后之来者，亦得于摩挲手稿之余，想见创校者一番创校之苦心与理想，而有所奋发，而兴见贤思齐之心，岂不美哉？这是我们在欢迎钱先生时又不能不特别一说的。

1978年10月2日

儒者的悲情，儒者的信念

——悼念徐复观先生

4月1日下午7时许，台北《中国时报》副刊主编高信疆先生打电话来，告诉我徐复观先生已于5时50分在台北去世，希望我尽速写一短文，俾于翌日悼念专刊上刊出。前几天曾听到复观先生受癌症煎熬的苦痛情形，觉得这样也是解脱，但我没想到他真的这么快就去了。在惘然感怆的心情下，我写了《"学术与政治之间"的巨笔》一短文，是晚10时，在电话里逐字念给《中国时报》的编辑听，以敬悼这位前辈学人。识得复观先生已二十余年了，我读他的第一部著作就是《学术与政治之间》，对他忧时忧国之悲心大愿，以及元气淋漓、笔端带有魅力的文笔，敬佩慕赏，兼而有之。这种感受，廿余年来，未尝有变。

一

香港《百姓》月刊决定为复观先生出一专题，这是很适当的，依我的看法，复观先生不但是一位不折不扣的知识分子，并且是近百年来最有影响力和极重要的知识分子之一。复观先生写过一些有火气、霸气，甚或不脱一己意气的文章，他的主观性和锋锐之笔法予人同样的强烈印象。但在第一和最后义上，他写文章之动心立念都可说是以中国的"百姓"为本的。先生真正拿起笔来是五十岁以后的事，在他此后三十年的笔墨生涯中，虽然曾自制地浸淫于纯古典学术研究中，但他几乎没有一刻忘怀时代的忧患。尽管他感到治学之晚，恨不得一日当三日用，以在学术上有更多发掘与贡献，可是，时代问题的感逼，使他无法，也不愿去追求与时代渺不相涉的高文典册，所以复观先生后半生所扮演的是学者与知识分子的双重角色，或者可说他是徘徊或循环变换于学者与知识分子二者之间的。凡是在一个时代，特别是自己的国家社会正处在危荡杌陧之际，冷情地去做一个纯粹的学者，这个人不是有特殊的定力和心理结构，便恐怕是复观先生所说的"麻木无所感触"的了！复观先生在这个病痛无已的大时代，更身经国家社会的巨浸稽天之变，而他又有大感触、大才情，因此，他如椽之笔所撰写的时论性文字，便能扣紧时代脉搏，风动一代人心。复观先生固然屡次表示想多做学术研究，少写此类文章，但实际上，他也自觉地欣赏和肯定他所发挥的知识分子之角色功能的，他说："中国圣贤，有如孔子孟子，他们对当时君臣的谆谆告诫，实际就是他们的时论文章，所以我认为凡是以自己的良心、理性，通过时代具体问题，以呼唤时代良心理性的时论文章，这都是圣贤志业之所存，亦即国家命运之所系。"

二

徐复观先生兴趣博杂，而才情汹涌，故不拘囿于专狭之学，于文、史、哲三大领域之各种学问，每有见猎心喜的冲动；事实上，他在许多方面都有创获。当然，他在文学、艺术、思想史（这是他用力最勤最深者）等方面的研究成绩，自有待时间及学术本身的考验，但我相信，复观先生不少卓越的见解将溶化归入到各科的学问中去，而占一定位置。

我这篇短文想指出的是：复观先生基本上所从事的一桩文化事业，也是近百年来所有中国读书人关心努力的志业，那就是为中国文化找出路，为中国找出路。在这方面，复观先生在过去三分之一世纪中十分特出的表现，占一十分特出的地位。

复观先生自己不止一次地说，民国廿八年（1939年），他身经时代的巨变之后，开始由对政治社会问题之反省，进而为对学术文化问题的探索，这具体地反映在他创办与参与的《民主评论》这个刊物上。一涉及学术文化的问题，由于风气所趋，便不容易不掉进传统与西方两个简单的思想模态中去；复观先生常把五四以来占学术思想主流的看作西化派，同样地，文化界很少人不把复观先生及与他思想上接近的人看作传统派。实则传统派与西化派这种简单的两极模态，又何能公平而正确地涵括反映近百年来思想界丰富而复杂的现象？

在主观心态上，复观先生不但自觉是处于政治的权威系统之外，也是处于学术思想主流之外的，并深信这个"学术思想主流"有"学术亡国"的倾向。因此，他有一股难以抑止的感愤之心，他有一种要矫正时代的学术思想风气的使命感，因此他感到"在政治的孤立上，更加上学术圈里的孤立"。

我有时觉得复观先生一生喜欢热闹，他也确有一非常热闹而多彩的生命，但在他内心的深处却有一很大的寂寞感与不断扩大加深的"疏离"感，即对现实政治社会，对当代的学术文化都有扞格不入的疏离距离。也许，他这份感愤之心与疏离感，正使他对中国政治社会问题，对中国学术文化问题锲而不舍、勇猛探索而显出独有的风格和趋向。

三

复观先生毫无疑问是敬重传统的，也毫无疑问，他是特别信仰儒家一脉的道统的。在这个意义上，他是一文化上的保守主义者，而此一立场，他一点也不讳言；事实上，他临终的遗言就说："余自四十五岁以后，乃惭悟孔孟思想为中华文化命脉所寄，今以未能赴曲阜直谒孔陵为大恨也。"本来，在传统中国，一个读书人之敬重自己的传统，或信仰儒家圣贤志业的道统，应该是不待言而自明之理；而复观先生于癌症侵蚀肌骨，油尽灯枯、幽明交界之际，犹一字一血为孔孟思想之价值作见证，这一方面固反映儒学传统在今日风烛残灯的遭际，一方面亦正显示在复观先生心中，儒家传统的一炬之明，足以在昏暗之时代中留一光明，以接晨曦之来。复观先生的悲情是现代儒者的悲情，复观先生的信念，是现代儒者的信念。

我们说复观先生是文化上的保守主义者，只是说在文化价值之终极取向上，他对中国文化传统是肯定和执守的。他坚信任何一个民族、社会或文化，必须先继承和积储先人所遗留下来的，才能进一步讲创造和发展；而他对中国文化传统之肯定与执守的立脚点，却植根于一更理性的基础上，即他看到中国文化传统千门万户，丰赡博厚，特别是儒家传统所含有的极高明而道中庸的人文精神，尤其是其心性之学或"立人极"之学问，为开中国及人类新境之不可或缺。由于他对文化传统窥见极深，因此殊不能容忍数十年来一味打倒或攻击传统的学术风气。三十年来，不时见他披甲上阵，奋笔为传统辩护，元气淋漓，气吞斗牛，俨然成为当代最雄辩的传统捍卫者，也因此，几乎不足为怪的，他常被目为文化的传统主义者。

但是，我们若仔细地考察，我们会惊讶地发现，复观先生一方面固然是传统的最雄辩的捍卫者，但另一方面，他却又是传统极严厉的控诉人。他对中国文化传统绝不是一味地保守，他了解文化传统极其庞大复杂，含有多次元、多层级的结构。在这方面，他为传统下了不少厘清的功夫，特别是把传统中美善者与丑恶者细致地区别开来。他在最后口述遗作中说："故入50年代后，乃于教学之余，奋力摸索前进，一以原始资料与逻辑为导引，以人生社会政治问题为征验，传统文化中之丑恶者，抉而去之，唯恐不尽；传统文化之美善者，表而出之，亦惧有所夸饰。"

诚然，复观先生对于他发掘出来的好的传统，莫不加以彰显，而展示其古典之美善及其现代之意义；反之，对于坏的传统，则抨击鞭挞，毫不假借。事实上，他对许多传统的控诉和攻击较之一般"反传统者"尤为严峻和猛烈，其中他所恶最深、抨击最力者便是历史上的专制政治。他认为"秦汉以来的'一人专制'政治是中国文化精神无由发展的根源，是一永远打不开的死结。在一人专制之下，'天下的治都是偶然的，乱倒是当然的'。"

这个论题，是复观先生从中年到老年精力贯注所在；这也使他更进一层相信，必须把儒家的政治思想，倒转过来，把政治的主体，从统治者移归人民，由"民本"转为"民主"，以建立政治的客观构造。书至此，我重翻他《学术与政治之间》及1980年10月他最后赠我的《两汉思想史》卷一，觉得他许多讨论文化与政治的论著，绝不是一般学术上抽象化的观念文字可比，实毋宁更从现实文化与政治之征象中，由层层反省、体验，艰苦得来。

四

复观先生对中国文化传统之剖析与解释，有破有立。他所破与所立者，虽未必一一为定论，但所立与所破，无一非出自真性情、真精神，他在学术文化上之用心与表现，用章实斋的说法，应该属于"矫风气"之人，即矫正民初以来对中国文化传统片面的打倒、攻击的风气，而其真正的苦心与大愿所在，则仍是继承百年来伟大读书人的志业，即为中国文化找出路，为中国找出路。在根本上，复观先生仍守住中国文化传统之本位，仍是站在儒家孔孟一脉的统绪上来重建、扩大与发展文化传统的。1958年，他与张君劢、唐君毅和牟宗三几位先生联名发表《我们对中国学术研究及中国文化与世界文化前途之共同认识》一宣言，实是一具有开放心灵与反省智慧的大文献。

他们几位先生相信，依中国文化本身之要求，所当伸展出之文化理想，应不止停留在以自觉其自我为一"道德实践的主体"的心性之学上；同时，应该在政治上，能自觉为一"政治的主体"，即由"民本"而转为"民主"；而在自然界、知识界则自觉成为"认识的主体"及"实用技术的活动之主体"，即需要有意识地开出科学与实用技术，在中国传统之道德性的道统观念之外，兼须建立一学统。这些观念与主张，应该为百年来关心国族文化运命者所共认。其实，这亦是中国现代化所不可或缺的发展之道。

复观先生由于上半生在政治中，后半生在学术文化，故对于中国文化中之政治感验最深，而对中国政治的文化性反省亦最敏锐，因此，他对中国的学术与政治两个世界之间的纠缠、关联，亦思考得最深切。他归根结蒂指出中国必须走民主政治之路，更必须首先建立民主主义的政治形式，始能从治道转向政道，由民本开出民主。他这份情志实是一切伟大读书人为生民立命，为万世开太平的情志。

五

复观先生现在已经走了，他是否带着感愤之心与疏离之心离去人间？他生在忧患的时代中，而元气淋漓地活了一辈子。他是一认真的人，他为中国文化认真地奋斗过，他在《民主评论》停刊时说："我们对中国文化的奋斗，可以算失败了。"但他"坚信这一线香火，会在我们身上使它延续下去。中国文化是在忧患意识中生长出来的文化，它必定在忧患最深、忧患意识最强的祖国乡土上，重新得到发育滋长"。复观先生的一生，象征地代表了现代儒者的悲情，现代儒者的信念！

1982年4月8日

李约瑟与中国科技史

一

三十年前，新亚书院的创建是基于钱宾四（钱穆）先生等几位读书人的一个理想。这个理想就是要承继中华传统，创新中国文化。许多年来，新亚在学术研究与教育方向上，一直以这个理想为鹄的，努力不懈。1978年秋，我们建立"钱宾四先生学术文化讲座"。揆其目的，亦无非希望通过这个讲座来赓续、焕发新亚教育文化的风格与精神。

1978年秋，钱宾四先生亲自来港，主持以他为名的讲座之首讲，讲题是"从中国历史来谈中国民族性及中国文化"，前后六讲，历时一个月。钱先生虽已八十四高龄，且患目疾，惟神形贯注，一丝不苟，讲堂风采，不减当年，而听众.之踊跃与热烈，极一时之盛。此一讲座不只成为新亚书院的大事，亦香港文化界之大事。钱先生的首讲无疑为这个讲座树立了声誉和模范。

二

今年（1979年）9月28日孔子诞辰是新亚创校三十周年，

为了配合校庆，"钱宾四先生学术文化讲座"的第二次讲座就在10月初旬开始，为期一个月。讲座的第二位讲者是誉满全球的英国李约瑟博士（Joseph Needham）。

我们邀请李约瑟博士作为讲座的第二位讲者，毋宁是很自然的。讲座成立之初，我们就立意要使它成为世界性的。我们相信学术没有国界，它是应该超越政治、种族、宗教之上的。讲座的第一位讲者钱宾四先生是中国当代的大儒、史学家，因此，我们就决定要请一位西方的杰出学者作第二位讲者。诚然，在今日，西方有不少杰出的研究中国文化的学人，但真正对中国文化有原创性的贡献，而其学术著作可百世不替者就十分稀少了。不论从哪个角度来看，李约瑟博士都是稀有中的稀有者。

起初，我们并不曾打算邀请李约瑟先生，因为他已是七十九之龄。同时，更重要的是，他正夜以继日地忙于完成他的《中国科技史》（Science and Civilization in China）最后两卷。时间对他来说是最珍贵的，他有无可能越洋来校作为期一个月的演讲，实大有疑问。真没有想到，当他接到我的邀请函后，就非常爽快地接受了，并且具体地提出"传统中国之科学：一个比较的观点"（Science in Traditional China：A Comparative Perspective）的讲题。其中分五个子题，即：①引言；②火药火器史——由冶金术发展而来；③长寿法比较研究；④针灸与艾灸的历史及原理；⑤对"时"与"变"的态度。李约瑟先生信中还表示新亚的邀请是他的一份荣誉。这当然反映了李约瑟先生一贯的谦怀，但也反映了他对"钱宾四先生学术文化讲座"的重视和对中国文化的热诚。

三

李约瑟先生，别号丹耀，生于1900年。他一生与剑桥大学不可分。他的学士、硕士和博士学位得自剑桥。之后，历任剑大的生化学教授（Reader 1936—1966），冈维尔与基斯书院的院士（1924—1966）、院长（1966—1976）。自1976年后，任剑桥东亚科学史图书馆主任。李约瑟博士的一生固然都在剑桥，但他足迹则遍及世界各地，而与他下半生学术生涯结下不解缘的则是他1942年的中国之行。从那时起（或更早），他就虔诚地、矢志不渝地开始了中国文化之旅的万里壮行。他没有走一般人常走的路，他选择了没有人或很少人曾经有系统试探过的中国文化的奇路险峰——科学与技术史的研究。长期以来，西方人只知中国文化长于农业与艺文，他们根本不知道中国曾经产生过科学与技术。其实，即使中国人自己也采取了这样的想法。可是，李约瑟先生却不这么想，并且以实际的研究去征验事实的真相。三十七年来，他一步步试探，越探越阔，一步步挖掘，愈掘愈深。现在，他已经拓展了一条中国科学技术史的大道！不，他实际上已开启了中国文明的一个新的天地。

通过严谨的科学方法与丰富的想象力和识见，李约瑟先生把两千年来遗散沉埋的资料，加以整理、诠解，使它们显出古典文化中科学技术的耀眼光辉。他不但彻底摧毁了"中国没有科学技术"的说法，并且让全世界知道古典中国的科技对世界文明的伟大贡献。我们知道，科技史已是人类文明史中至为重要的一个组成，而李约瑟博士的研究，则不只谱写了中国文明史中极重要的一个篇章，同时，也为世界文明史填补了有关中国部分的巨大空白。一点也不假，由于李约瑟先生的著作，今后讨论中国文化，乃至世界文化者，将不能不重新思考许多文化思想上的基本性的问题。譬如，现在的问题不再是"为什么中国没有科学"，而是"为什么现代科学的起飞在16、17世纪的欧洲，而不是在中国"。李约瑟博士的成就，不只是为研究中国科技史建立了范典（paradigm），而更是肯定了一个事实，即科学非任何一个民族所能包办或专有。"现代科学"绝不能说是"西方科学"，而实实在在是"世界科学"。这一事实的肯定，不啻解除了许多近代西方人那种"不自觉的主宰心理"的迷障，而且把人类有力地推进到一个更合理的"新的世界主义"的曙光之下。他的《四海之内》（*Within the Four Seas*）一书实在道破了他内心的"天下一家"的高贵心愿。这种开放宽厚的心灵胸襟在他一首诗中表达无遗（诗之中译是胡菊人先生的，见胡著《李约瑟与中国科学》，香港，1978年，页296）：

Having Written much, Whether
Well or ill, I know not,
But With devout intention for the
healing of the Nations.
吾书已万千，
优劣非所知。
为遂丹心志，
扫尽万国疾。

四

李约瑟博士自1942年起，立意于中国科技史的探研。在过去三十七年中，他的心力都孤注直往地投入到这桩伟大事业中。但是，在他的中国文化的万里之行中，他不是一个孤独的人。李约瑟先生一再说明他的研究工作得力于许多中国和其他国家的学者的帮助。对于他们的贡献，他都一一加以承认，即使是一书之赠，亦必致其谢意。其中有二位中国学者，即王铃与鲁桂珍，他更视之为"同窗"契友。纵然李约瑟博士所出版的著作，百分之九十出于他的手笔，但他坦然表示没有这些友人，特别是王、鲁两位的帮助，他的研究计划是绝对不可能的。李约瑟先生的谦谨笃实的风范和他的卓越成就，使我想起与他有五十五年关系的冈维尔与基斯书院的三门：德性之门、谦怀之门及荣誉之门。

李约瑟先生一生著作宏富，在1954年他的传世之作《中国科技史》第一卷出版时，他已出版了十八本书。1954年后，于1956、1959、1971、1974年分别出版了第二卷、第三卷、第四卷（共三部分）、第五卷（只出第二部分）。全书共七大卷。根据他自己的估计，他需要活到八十四五岁才能完成全书。最后一卷，讨论"社会背景"，将是他对所有有关中国科技史的问题之总的解答。这势必涉及历史学、科学社会学、知识社会学、哲学和比较文化学的各个层面。毫无疑问，这将是万方瞩目，世界学界所翘首企盼的事。实际上，在李约瑟先生撰写《中国科技史》的同时，他已发表了许多"副产品"，总共有《四海之内》、《大滴定》、《中西艺文志》等八书之多。在这些书中已多少触及最后两卷的范围，而他这次准备在新亚书院所讲的第五个子题："对'时'与'变'的态度"，则赫然是他第七卷中预设的研题。不消说的，这将是等候李约瑟先生最后一卷的人所最感兴趣的。

李约瑟先生的《中国科技史》自出版以来，受到学术界崇高的赞誉，确不愧为"经天纬地、震古烁今的杰作"（黄文山先生语，见黄译《中国之科学与文明》，台北，台湾商务印书馆，1974年修订一版，页4）。现在此书已有日本、意大利等国人士从事翻译，而对他最大的安慰也许是中国大陆与台湾都已有中译本问世了。李约瑟先生的书，涉及专门的科技知识太多，非一般读者所能领会，且卷帙浩繁，更非一般人所能购置，现在剑桥大学已请罗南（Colin A. Ronan）执笔，由李约瑟先生自己协助，自1978年开始出版《中国科技史简易本》（*A Shorter Science and Civilization in China*），相信这将有助于此一杰作的普及，更能增加国际间的文化交流与谅解。

五

在结束本文之前，我必须要特别提一提，这次与李约瑟先生同来新亚的还有鲁桂珍博士。当李约瑟先生信中告诉我他的"主要的合作者"鲁桂珍博士会联袂东来时，我们感到分外的欣喜。鲁桂珍博士是一位著名的医学史与生物史学的专家，她现在是剑桥大学"鲁西·开温第士书院"的院士。鲁博士与李约瑟先生在学术上的合作也许已经有半个世纪了。当鲁女士于20世纪30年代到剑桥攻修博士学位时，他们二人已开始了合作。1958年之后，鲁博士更成为李约瑟先生最主要的合作人。

事实上，李约瑟先生对于中国文化，特别是中国科技的最早兴趣，是由鲁女士在剑桥一番话所激发的（见前引黄文山先生译著之译者导言）。他对鲁桂珍博士的学问与识见推誉备至。他把鲁女士视为他的"中国之世界观的总诠释者"。李约瑟先生与鲁桂珍博士的合作，可说是中西学术史上难有的可贵例子。

最后，我要在这里郑重地欢迎李约瑟博士与鲁桂珍博士来中文大学新亚书院讲学，并祝他们二位此行愉快。李约瑟博士在过去数十年中，不知在多少国家、多少著名学府讲过学，但是，我们相信他对一间以汇通中西文化为理想的中国人的学府，一定会格外感到"宾至如归"。

1979年9月20日

科学、社会与人文
——记与李约瑟先生的一次晤谈

楔 子

去年（1979年）10月，香港中文大学新亚书院邀请剑桥大学的李约瑟（Joseph Needham）博士担任第二届"钱宾四先生学术文化讲座"的讲者，为期一月。他以"传统中国之科学：一个比较观点"为题，作了五次演讲。李约瑟先生是科学史的巨擘，尤精于中国古代科学史。他的一系列演讲是他当行本色，极是精彩，所以受到很大的欢迎与赞赏是意料中事。李约瑟先生新亚讲学自是香港文化界一大事，而最可一记的是10月11日晚新亚在"云起轩"为钱宾四先生与李约瑟先生所设的宴会。这二位东西学人彼此心仪已久，但那天晚上却是第一次会面，真可说是一次"东西方之会遇"。席间，钱宾四先生指出，李约瑟先生的研究工作不只是科学的，也是哲学的、历史的，总括地说是文化的。他说李约瑟先生从事中国科技史的研究，具有真正比较文化的头脑与心态，所以才能对中国文化有真发现、真成绩。钱先生认为他的学术成就犹在汤恩比之上而无不及。李约瑟博士听了钱先生这番美言，连说"不敢当，不敢当"。他表示钱宾四先生的学术代表了中国文化中优美的独特的传统，他在《中国科技史》中许多地方引用了钱先生的著作；并特别指出，这次他被邀担任第一位"非钱宾四"的"钱宾四先生学术文化讲座"的讲者，感到莫大光荣（讲座第一位讲者是钱宾四先生本人）。这晚，钱先生与李约瑟先生的简短"对话"是令人回味难忘的。

毫无疑问，李约瑟先生的巨著《中国科技史》不但是对中国文化的一项无比重要的礼物，使世界学术界对中国文化有了一更全面的理解与欣赏，并且在比较科技史的研究上开辟了疆域与视野。许多科学史家都认为李约瑟博士是对科学史这门学问的新观点、新方向之型塑有最卓越贡献的学人。M. Teich和Robert Young所编《科学史的新观点》（*Changing Perspectives in The History of Science*；London：Heinemann，1973）一书，就是英、美、法、德、意、丹麦、印度各国科学史著名学者为表示对李约瑟的尊敬而为他七十岁生日（1970年）所撰写的论文集。

李约瑟先生自20世纪40年代开始即"爱恋"（他自己说"fall in love"）中国文化，并一往情深，而迄今热情有增无减。当他在新亚讲学时期，他对中国人、中国事物那种发于内心自然流露的善意、喜爱与尊重，实在是一般西方学人中极端鲜有的。至于李约瑟博士在谈到与他合作最密切的几位中国学人时，像这次与他同来新亚的鲁桂珍博士，做客港大的何丙郁博士，以及我最近在澳洲堪培拉见到的王铃博士，他总是带着无比亲切和推崇的语调。诚然，李约瑟博士近半个世纪来宣扬中国文化与智慧时，几乎是带有宗教性的虔诚的。他对中国文化的态度也许"比中国人还中国"。有些西方学者认为他太偏袒中国文化以致失去客观性。与他相交六十年的 Henry

Holorenshaw说，他相信李约瑟先生或不会完全否认他对中国文化的赞美有时会有稍稍过头的地方，但是中国文化，特别是科技方面的成就，一直以来为西方人所漠视，因此，为了还中国文化一个公道，赞美过头一点点，也是不为过的，至少李约瑟先生会觉得心安理得。总之，李约瑟先生是一位相信天下一家的科学人文主义者。17世纪以来西方站在科技上取得的独尊地位，使西方产生一种不自觉的骄傲。李约瑟先生的研究就正在破西方骄傲的根源，也即在科技上证明传统中国文化的优异性与优先性。他曾表示，许多证明中国在科技史上领先于西方的研究伤害到了西方人的骄傲。但是，他认为西方人的骄傲感是不必要的，与人类爱和友谊比较起来，骄傲是样微不足道的东西。

对这样一位中国文化的友人，我们不可能不生一份好感与敬意的。他在新亚讲学的这段日子里，见面机会较多，对他有较深入的认识。李约瑟先生是一个有多方面兴趣与才能的人，他不只是一位生化学者或一科学史家，他对哲学、社会学、文学都有很好的修养。基本上，他的性格是很羞怯的，但在谈到学术上的问题时，他就兴致勃勃，议论横生。识得李约瑟博士的人，都知道他是极端珍惜时间的人，在新亚讲学期间，他一直都在为每次讲演作最后的修正。因此，我不愿特地去找他闲谈，尽管我知道一般剑桥人是喜欢也善于谈天说地的。直到他在新亚讲学结束，离开新亚的前夕（10月4日），我才约好在他做客的中大八苑敦师宿舍里，作了三个多小时的访问谈话。这个访问差不多从晚上八时谈到午夜。录音的工作是陈焕贤女士负责的，部分的记录也是由她作的。在座的还有鲁桂珍博士。整个访问是在不拘形式的情形下进行的。好几次，李约瑟先生自己进厨房去煮茶。也有好几次，他中断谈话倾听从海边驰过的火车声。他自称是一个"火车迷"。

李约瑟先生显然因讲座已圆满结束，心情特别轻松，很乐意多谈谈。因此，我们谈的很多，有些是我预先想好的话题，有些则是当时随意加上去的，所以谈是谈得很愉快，但也比较没有系统。我表示将来整理发表时不会全照录音，同时也会利用一些他已发表过的文字，但写好后，会寄给他们过目。李约瑟先生与鲁桂珍博士认为不需过目，要我"全权处理"，不过，他们很希望发表后，快点寄一份给他们。他们返剑桥后，就寄来一些与我们谈话有关的文字和资料。因此，这篇记录是我"全权处理"的，它是根据录音和参考李约瑟先生寄来的文字与资料整理成的。当然，任何讹误的地方，也由我"全权负责"。这个访问谈话距今已有三个月，一直没有时间整理，直到最近才动笔，这是我应该向这位具有"中国心"的异国前辈学人李约瑟先生致歉的。

一、醉心于极端神秘主义的道家

金耀基（下简称金）：您的中文姓"李"，您的号是"丹耀"，还有其他名字，如"十宿道人"、"胜冗子"，都带有浓厚的道家的气味。从Holorenshaw先生的文章，更知道您自称为"荣誉的道家"（honorary Taoist）。这一切是不是代表了您对道家的爱好与认同呢？如是的话，您为什么会那样醉心于道家呢？

李约瑟（下简称李）：呵，一点不错，我的中文姓是李，是认同于道家的开山宗师李耳的，其他中文名确是有道家味的。"丹耀"与道家的炼丹术有关系；"十宿道人"更明显，"十宿"二字则是我Joseph一字最早的中文译法。至于"胜冗子"则是指"去冗"、"克冗"之意，亦即摧陷廓清，直探现象之"事实"的用意。

我之喜欢道家，最基本的原因是：道家是纯中国的。儒家当然是纯中国的，但在宗教中，道家才是本土产生的。它不像佛教是从印度进入中国的，也不像基督教源于中东。至于我之特别醉心于道家，实是因为我觉得道家最有趣、最有意思，特别是道家许多基本观念与中国早期科学的发展最有关系。在研究中国科技史的过程中，我发现凡是与中国科学与技术有关的东西，一定会同时发现有道家的思想、道家的迹印在。

此外，我个人在中国旅行时有几次经验。1942年，我到中国访问，在昆明的北平研究院，几位中国朋友，包括李书华先生，他是著名的学者，带我到西山，我见到建于悬崖绝峰上的三清观，俯视昆明湖，景色无边。我问他们三清观的意义和历史等，奇怪得很，他们虽为饱学之士，对道教也不敌视，但却毫无兴趣，所知也极有限。而这次经验则激起我莫大兴趣。另一次，记得是在四川与陕西间，当时寄宿在途中旅社，附近山头有一美丽的道观。是夜，月华如洗，像今晚一样，这个道观显得特别清幽，令人遐思不已。这类经验都使我对道家特别感到一种精神上的契合。后来，在成都，一次听到冯芝生先生在演讲中说："道家是一种极端神秘主义的思想体系，但却是不反科学的。"他的话显然给我很深的启发与好奇。以后，我们（我说我们是指鲁桂珍等一些志同道合的人）的研究也在在显示道家思想之"不反科学"的精神质素。

金：您的《中国科技史》可说决定性地摧毁了中国过去没

有科学与技术的观念与论断。在这方面，您的工作是有永久价值的，它们在世界科技史上应占一显要的地位。

我所感兴趣的是：究竟是哪些因素或因缘使得您去怀疑上面提到的为无数中西学者所深信不疑的错误观念与论断？您曾说过，在起初，您想探寻传统中国的科学的兴趣与好奇心，当时似乎也没有受到您剑桥大学同事们的鼓励。对了，据我所知，当您对中国文化发生兴趣时，您在生化学上已经是有卓越成就的学者，并当选为皇家学会的会员了，您怎会由一科学家转变为一科学史家，甚至汉学家呢？这不能不说是一个大转变啊！

二、因缘于"道"的悟觉而发现中国文化的大金矿

李：是的，1941年时，我已经在生化学上度过了二十五年的实验室生活。我也写过颇有原创性的书，包括 *Chemical Embryology*（3 vols., Cambridge University Press，1931）和 *Biochemistry and Morphogenesis*（Cambridge University Press，1942）。在一般情形，一个入选皇家学会的学者，大概会在他选定的学术领域中，继续做下去，成为终身职业。我想，我之会改变终身的学术生涯，应该说是与桂珍他们有关的。1937年鲁桂珍与几位中国年轻人来剑桥读书，使我接触到了当时对我来说仍是陌生但充满新奇与好感的中国文化。这一件事对我的改变是非常根本的。回想起来，真好像是命运的安排，或是"道"的悟觉吧。总之，这是一种因缘。

至于我为何会猜测到中国文化中会有科学与技术的金矿，则很难说。我想这与桂珍的父亲鲁茂庭先生的启发是有关的。

他对子女的教育是同样看重中西的传统的。他说中国过去的医学医术不同于西方，但绝对是"有道理的"（made sense）。当时，西方人仍怀有维多利亚时代那种观念，认为中国医学医术是奇怪的，没有什么道理的。鲁茂庭先生则不以为然。我们以后的研究证明他是对的。我们的《中国科技史》第一册就是献给鲁茂庭先生的。这表示我对他的感谢与敬意。说到我怎会怀疑无数中西学者对中国科技的论断，或者说我怎会知道中国文化中有这么一座大金矿，老实说，我开始也没有那么样猜想或那么样的自信。原先，我只是计划写一本小书，根本未想到会演变成二十大册的大书，而且成为我们（他又强调我们）的终身事业。

假如说有一个使我产生猜疑的具体的念头，恐怕还是桂珍那批中国朋友。他们来到剑桥，在Molteno实验室中的表现，一点也不输给我们，因此，我就有一念头——中国人有这样的科学智慧与表现，中国文化中怎会没有科学与技术？说实话，问我当时是否知道中国文化中的科学技术是一待采的金矿，我真不知道。真的，我不知道。譬如说，那时候，我们根本不知道中国有比西方早出六个世纪的伟大天文钟。

金：让我回到道家这个问题上。照您的看法，道家在中国的科学思想与观念的发展上占一中心位置。换个说法，您似乎在假设道家的思想体系构成了传统中国科技发展的知识性的动力。假如我的了解不算错，那么，我要问，这个看法是您研究道家思想的内在结构所得的论断，还是在您广泛深入研究传统中国科技的发明后，再追索出来的理论根源呢？同时，您当然不会不注意到道家哲学与道教的不同，您对道教似乎有很大的好感。

三、中国人把天、地、人看做三位一体，是处于一种和谐的秩序之中

李：不错，我们认为道家思想是传统中国的科技发展的重要的源头活水。在我们写《中国科技史》第二册时，就讨论到中国古典的各派思想。在有系统地研究道家的思想后，我们的信心坚定了。

不错，道家后来演出了道教，但这一点也不使我困惑。我是一从事科学的人，但也是一教徒。我相信宗教是人类多种"经验形式"中的一种（one form of human experience），像科学也是人类经验的一种形式一样，都各有本身的价值。前些天，有一位神学院的先生问我，神学院应否开设讨论道教的课。我的看法是：我们通常所说的道教，实在是对一具有广涵复杂的现象之指称，其中一边有迷信的成分，另一边又有哲学的成分，在二者之间，则有真正的宗教成分。

金：道家思想在中国无论于社会人生、政治，还是艺术文学方面都有重大深远的影响。道家的宇宙观是顺乎自然，讲"无为"，因此，许多学者都认为道家对自然是采取一种顺服的态度，与西方希伯来传统对自然采取一主宰控御的态度迥异其趣。在对自然的态度上，道家思想与中国其他各家思想（也许荀子的部分的戡天主义的色彩是例外）基本上并无大异。但有些学者认为这是有碍于科学发展的，而您显然不同意这种看法，您是否可谈谈呢？

李：中国文化中并没有一个创造主的神学思想体系。中国的思想家，基本上不相信一个上帝指导宇宙的看法。中国人所

讲的天，或道，实际上是一种"宇宙秩序"。道（或天道）可译为"自然的秩序"。中国思想，特别是道家思想所讲的"无为"，并非说什么都不做，它主要是指顺乎自然，不违逆自然法则之意。儒家的《孟子》中，宋人揠苗助长的笑话是大家知道的。它不是对自然的一种消极的顺服态度，而毋宁是一种极深的智慧，一种顺乎自然而善用之的智慧。培根所说的"只有服从自然，才能擒服自然"是最近乎道家之真义的。

F. S. Northrop以为中国人对自然是一"美艺的"（aesthetic）态度，而欧洲则是一"科学的"态度，这一说法是有问题的。果如是，则中国过去的种种科技发明将不可理解。其实，中西对自然态度之别绝不在科学与非科学。道家与其他中国思想的确不像西方基督教思想是以胜利者姿态对待自然的。诚如Lynn White、Marco Pollis等人的研究指出，西方人有一种"反自然"的偏见，对自然有一种绝对占有与破坏的心态。反之，在中国思想中，人的地位是被肯定的；人是人，但人并非高高在自然之上。事实上，中国人把天、地、人看做三位一体，是处于一种和谐的秩序之中。诚然，今日西方科技的发展是惊人的，但却也产生了破坏生态均衡的危机，基本上是由于西方思想对自然的征服态度有问题。

金：德人韦伯（Max Weber）在《中国的宗教》一书中，认为中国并无自然科学，这看法当然非他所特有，这与当时他所能掌握的有限资料有关，而他这个看法当然不能再成立了。但是，我对他的一个重要论说，即禁欲式的基督教伦理与西方资本主义及科学的产生有重要关系的看法，有极大兴趣。一位著名的美国社会学者牟顿（R. Merton）曾追随韦伯思想的踪影，写了一本*Science, Technology and Society in Seventeenth*

Century England 的书。牟顿收集了丰富的经验性资料，有力地显示清教的价值体系对17世纪英国科技的突飞猛进"无意地"（unintendedly）有重大贡献。我说"无意地"，因为牟顿的分析是落在"制度的"层次，而非"动机的"层次上的。

诚然，禁欲的基督教伦理与道家思想极为不同。不过，我总觉得韦伯、牟顿所论的清教教义与您所论的道家思想，在对中西的科技发展的作用上颇有近似之处。我是说，基督教伦理与道家思想对于欧洲与中国的科技的发展来说，是一种"无意的结果"，不知您以为如何？

四、中国过去的科学家具有道家哲学的倾向是可能的，却很少是信仰道教的

李：我大致可以同意。当然，你清楚，对于韦伯、牟顿的论点有人是提出批评与反对的意见的。我个人很欣赏他们二人的论著。但我想指出，在17世纪，宗教改革、资本主义以及现代科学是三者同时产生的，三者的关系相当复杂，很难分得开。这方面恐怕还难有绝对的定案。

金：牟顿的研究收集了有关17世纪英国科学家的信仰的资料，他发现他们多数是清教徒。1663年，皇家学会成立那年，在六十八个会员中有四十二人是清教徒。他更指出，不只在英国，即在欧陆的科学家也多数是清教徒。

我不知古代中国科学家是否也多数具有道家哲学的倾向。据您研究，传统中国有类似皇家学会那种"无形的学院"（invisible college）吗？这种"无形的学院"显然对科学的推展厥功甚伟。

李：没有（指无形的学院）。说到中国过去科学家的思想信仰，不久前在瑞士举行一个专门讨论道家的世界性会议。会中，Nathan Sivin博士提出一篇很长很重要的论文。据他对中国科学家的自传的研究发现，一般说，他们对道家思想都有认识，但却很少是道士。我是他论文的评述人，我当时指出，我不信也不以为他们会是道士，但我相信道家思想是一普遍流行而有影响的观念系统。中国过去的科学家，他们具有道家的哲学的倾向是可能的。就宗教来说，中国科学家，像一般的知识分子一样，很少是信仰道教的。

金：您的研究清楚有力地证明在17世纪前，中国在科技上比欧洲遥遥领先。但是，自那时起，西方发生科学革命，技术起飞，中国反而大大相形见绌（用您的话，欧洲能够决定性地跨越过"中古科学"与"现代科学"的界线，而中国则不能），几被误认为一个没有科技成就的文化。对于一科学史家，一个最令人迷惑而不能放过的问题一定是：为什么科学革命发生在欧洲而不在中国？我知您对此问题已思考了好多年，并且已提出一些答案或否定了一些可能的假设。事实上，在您这次"钱宾四先生学术文化讲座"中，您的第四讲"中西对'时'与'变'的态度之比较"就辩称中国人对"时"与"变"的态度基本上与犹太基督教并无大别。因此，这个思想性的因素就不能用来解释为什么科学革命发生在欧洲而不发生在中国。是不是？

李：是的，绝对的。

金：在1935年，您发表了"Limiting Factors in the Advancement of Science Observed in the History of Embryology"这篇论文。在这篇论文中，您指出，用"动机"

（motive）作为科学发展的分析的焦点足以模糊我们的眼光，无法认识社会与经济对科学的影响。上面已提到，您认为思想性或知识性的因素（包括信仰、迷思等）在传统中国并不构成科技发展的阻力。这些在在都显示您不是属于所谓"内在派"（internalist）的历史学者，而是属于"外在派"（externalist）的历史学者；也即您对科技的发展形态的原因，不从科学思想的内在结构中去寻找，而从外在的，例如社会与经济的因素去探讨。这一立场更接近"科学社会学"或"知识社会学"的立场。您同意吗？

五、中国不能从"中古科学"跨进"现代科学"的门槛，主要缘于社会政治的结构

李：呵，是的，绝对的。我们曾彻底检讨"内在派"或"外在派"的历史学观点。我们的结论是：内在派的科学史学观点是不能圆满解释中西之不同的，也无法解释中国与印度的不同的。总之，单单用哲学思想的因素是无法为中西科学发展之不同提出圆满的答案的。我们必须再看社会的结构、经济因素等。

金：虽然不是您的最后定见，您似乎相当肯定，中国之不能产生如17世纪欧洲的科学的飞跃或革命（或者说从"中古科学"跨进"现代科学"的门槛），是缘于中国的社会政治结构，即您所说的"封建官僚主义"（feudal bureaucratism）。我个人并不以为从秦帝国之后，中国再是一封建社会。尽管我可以同意秦以后的中国社会并不完全缺少封建性的质素，但主要地，中国是一官僚的帝国系统，它有一全国性的以才能为甄

拔标准的文官系统，社会的流动度（上升或下沉）是很大的。假如如您所说，中国是一"封建官僚主义"（我个人不愿意把bureaucratism译为"官僚主义"，而照韦伯的原意，译为"科层主义"。我有一文讨论及此），那么，究竟"封建性因素"浓呢，还是"官僚主义因素"浓呢？

李：这是非常重要的问题。实际上，秦以后的中国究竟用什么名词来称呼恰当，大家都不能一致。我同意，秦以后中国的官僚主义的色彩是很显著的，它的文官制度是极透剔而有力的。同时，我要指出，中国的封建官僚主义社会是极不同于欧洲的封建社会的。在后者，是一种军事的贵族的封建主义，骤看起来很有力量，实际上很脆弱，根本上还抵挡不住新兴的商人集团。商人甚至于可以把他们收买。再说，欧洲有城市（polis），中国则无。中国是大一统国家，官僚体系控制社会无疑。在中国，军人一直在文官之下。当然，在乱世又不同。在中国，商人的地位也是受歧视的。他们的力量与地位不能与欧洲的相提并论。

金：在这里，我想插一句，商人或军人在中国社会的地位与作用恐怕是一个还没有完全定案的题目；不过，有一个似乎是可以肯定的，在传统中国，商人与军人虽不及在欧洲重要，但他们也不是那么低微或无足轻重，许多研究都证明了。说到这里，我想起一位社会学者宋勃格（G. Sojberg）曾提出一个"矛盾的功能需要"的概念。这个概念很可用来帮我们对传统商人与军人的角色有所思考。譬如比较地说，商人在儒家的文化价值与逻辑中是不受重视的，商民位于四民之末，而历代具有儒家性格的法律对商人也有歧视的规定，故商人在文化主流思想上向来受轻忽的。但事实上呢？由于商人在社会上的功能是通有无，是提供士绅生活的物质条件，是国家重要的税源，因此，商人的存在构成社会的"矛盾的功能需要"，扮演很重要的角色。这至少可以部分解释中国商人在实际上的地位并不低微，且往往十分有力的原因。军人的情形也是一样。一方面，中国轻兵，有"好男不当兵"的观念，但另一方面，军人却在社会上有御敌保社稷的功能。因此，在文化观念上，轻兵虽轻兵，但军人的地位却很崇隆的。当然，最重要的，我们还要弄清楚，商人只是一种行业，但在商这一行业中，有巨商与小贩之分，他们的地位是有天壤之别的，此于分析军人时亦然。

好了，让我再回到刚才的题目上去，您把科学发展的主要因素归之于外在于思想系统或价值系统的社会经济因素，我想，您是指"主要因素"，而非唯一因素。您不会排除思想或价值系统本身的作用吧！

李：当然，我们只觉得单从科学或其他的思想系统来解释科学与技术的发展是不能完整的。

金：事实上，科技是人类文化活动的一种，它们不是独立的，也即与其他人类活动不能隔绝来看的。"科学社会学"基本上就是研究科学与社会之间互相影响的关系。科学与技术对社会的影响，剑桥的罗素以及当代有许多人，都已关注及此，并感到忧虑……

李：是的，20世纪60年代西方就因为科技造成的实际灾害或巨大阴影，而激起了"反科学运动"。

金：我想您说的"反科学运动"是指反"科学主义"（scientism），而非一些基于政治或宗教狂热的反智运动！好像"文化大革命"！

李：不错。"四人帮"基本上是反智（anti-intellectual）、反学术、反知识的，本身是非理性的。我说的"反科学运动"，它最深的意义就是您说的"反科学主义"，那是一种对科学主义的反响与批判。

金：讲到"反科学主义"，我想，这是很重要的哲学性与思想性的运动。

李：是的。

金：您是否曾经写过一篇文章，好像很同情"反科学主义"的批判，同时，又为"科学"辩护。当然，坚信科学的价值与"反科学主义"是并不冲突的立场。

六、相信中国的"有机哲学"可以药救西方"科学主义"的弊端

李：是的，我曾写过一篇论文讨论这方面的问题，题目是"历史与人的价值：一个对世界科学与技术的中国观点"（History and Human Values: A Chinese Perspective for World Science and Technology）。

思想界与学术界所出现的"反科学主义运动"是20世纪60年代末期的一个重要的文化现象。这个运动中特别是年轻人对科学产生一种疏离与反感，因为他们觉得现代科学对社会具有罪恶、专横与非人性的结果。T. Roszak的 *The Making of a Counter Culture* 及 *Where the Wasteland Ends* 二书就代表了这种思想。不过，他们之反科学的观点并不仅仅停留于指责误用、乱用技术之恶果上，他们的批评要深入得多。他们批评"客观意识的迷思"（myth of objective consciousness）；他们抨击

把观察者与外在的自然现象断然割开的"疏离的二分化"。他们指出，科学的世界观的垄断性，足以造成"文化的科学化"（scientization of culture），最后不是造福人群，而是奴役人类。我个人认为"反科学"运动的真正意义应该在于：科学不应该被视为唯一有效的人类"经验形式"（参前）。把科学的真理看做是唯一可以了解世界的观念，实在是欧美文化的疾病。这也就是"科学主义"的疾病。人类经验形式是多元的，科学只是一种，其他还有宗教、美学、哲学、历史等，都各有其价值的。以科学的观点为认知世界唯一有效的观点，使西方走上机械的唯物主义和科学主义之窄巷，这是我所不能接受的。不过，我们也应了解，科学使人类摆脱恐惧、禁忌和迷信。我们可以反"科学主义"，但不能反科学，我们不能重回到前科学期的无知状态去。我要再强调，对科学是不必诅咒的，问题是我们应知科学的有限性，人类的乐土是不能单靠科学去赢得的。

　　金：我很同意您对"科学主义"的保留与批评。这种以科学方法为理解宇宙的唯一有效的途径的信念，显然是西方自文艺复兴以来越来越有力的思想模态。这是一种科学的宇宙观，它取代了中古的神学的宇宙观。科学的宇宙观可以说是在伽利略手中发展出来的。他的名言是：自然乃一本用三角形、圆圈与方形的语言写成的书。他相信所谓"第一性"（primary qualities）的东西才能用数学加以表达的，才是客观而绝对真实的。这种科学宇宙观如限用于自然世界，或不为过，但如适用到人事界，就不无问题了。

　　李：自伽利略以来，第二性（secondary qualities）的东西在科学解释中都被压制了。现代化学就有一种信念，即生命的

71

现象是可以由原子与分子或更小的原素来解释的。这显然是一种"减约主义"（reductionism），这就是为什么我相信中国的"有机哲学"可以药救西方的"科学主义"之弊端。中国的阴阳观从不会走上"减约主义"上去，因为阴阳是永远相济相生的。在中国，从没有像在欧洲一样，把世界截分为精神与物质。我们研究中国科学史发现，中国科学家并不在物质与精神间划一尖锐的界线，这无疑是与中国的有机哲学观一致的。

七、需要一种"范典"把传统中国的医学归入现代医学

金：您说自伽利略以来，第二性的东西在科学解释中都被压制了。实际上，在社会科学中，问题是更严重的。震于自然科学的伟大成就，自19世纪末叶以来，社会科学就走上模仿自然科学的道路，即采用了自然科学的方法来研究社会与文化现象，也即采取了自然主义的观点。因为科学的宇宙观已经不自觉地被视为唯一的有效的宇宙观了，社会科学也很少再去省察其研究对象的特性，而相信自然科学与社会科学的逻辑架构与秩序是无别的。但由于不能决定或无法处理人之第一性的特征（如人之意识、目的性行动等），乃只有把那些可以观察的外表的行为特性作为科学分析的对象了。这就不免常常出现"减约主义"的现象。

到现在为止，社会科学的成就较之自然科学是相形见绌的。许多人认为这是由于社会科学还太"年轻"之故，因而，心理上在期待"社会科学的牛顿"的出现。但有一位剑桥的社会学者（A.Giddens）说得很妙，他说："那些仍然在等待牛

顿来临的人，不但那列车不会到达，他们根本等错了车站。"
您对这位剑桥同仁的说法有何评论？

李：这使我想起一件趣事，有人说达尔文是生物学中的牛顿，但有位朋友说，我们连伽利略都还没有呢！我以为现代科学是有普遍性的，中国的现代科学应该无别于世界其他地区的现代科学。科学方法也是只有一种；在控制实验中只有一种逻辑，数学假设的应用，以及其用统计方法的测验也只有一种。科学的"范典"（paradigm）当然会变，爱因斯坦的世界系统已改变了牛顿的，但这并不因此改变了科学方法的基本性格。我是相信世界科学的，要注意的是：理解事象的科学方法虽只有一种，但这并不表示某些人的经验形式是不可能存在于科学之外的。同时，我相信生命包括不同的经验模态（mode）或形式（form），它们是"不可以减约的"（irreducible）。

金：您刚才提到"范典"，我不知孔亨（Thomas Kuhn）在其《科学革命的结构》（*The Structure of Scientific Revolutions*）一书中所用"范典"的观念对您研究传统中国的科学发展有无用处？

李：关于范典改变的问题，我们都考虑过，但孔亨的书只讲现代科学，对于古代、中古的科学根本未触及。如讲中国科学的范典，则应该从邹衍、阴阳等的思想讲起。

讲到"范典"，我想，如何把传统中国的医学归入到现代医学中去是很重要的，这需要一"范典"，否则传统中国的医学不易为世界科学界所注意，也很难发生作用。这牵涉到很多问题，名词的翻译就是一个。有一位德国学者，把中国二十几种"气"都译为能量（energy），这很使我们担心，因为"能量"是20世纪的概念。

金：您的信念，即人类的各种经验形式，如历史、美学、宗教，都有其独立性，都有其价值，而且是不能加以减约的。我很欣赏，也同意这种看法。据我了解，您是英国皇家学会（Royal Society）的会员。那是科学家的学会。同时，您又是英国学术院（British Acedemy）的会员，那是人文学者的学会。这样，您倒真是兼具科学与人文两种文化的身份，这在学术分化越来越烈的今天是很鲜有的了。

八、把能否完成《中国科技史》这件事完全托付给"道"

金：我不知您对剑桥施诺（C. P. Snow）爵士的颇滋争议的"两个文化"的论点怎么看法？

李：施诺的说法，诚如你所说，曾引起很大的论争。不过，他的说法是有些道理的，有些人的心灵或兴趣，实在太狭窄。当然，这在科学家与人文学者中都有，科学与人文之间的确出现不可逾越的门墙。在剑桥，我曾遇到过有些人对科学不但无兴趣，而且有一种憎恨。反之，有的科学家对文学也缺少欣赏的心态。

金：您常写诗？

李：我是写诗的，但大都当我在中国的土地时，才有写诗的冲动。中国的文化土壤对我来说有一种特有的气氛。

金：在您一生中，您觉得哪些人对您发生过重要的影响？

李：毫无疑问，我的父亲Joseph Needham pére是一位。他是一个医生，我的科学思考的习惯是父亲的影响下养成的。第二位应该是E. W. Barnes。他是一位数学家，也是一位教士，后来成为伯明翰的主教。在我十一岁时，父亲带我听他的讲道，是极有启发性的神学讲演。第三位是我中学的校长F. W. Sanderson。他是H. G. Wells的朋友，他使我对历史与生命产生兴趣与悟契。第四位我要说的是F. G. Hopkins爵士。从1920到1942年，剑桥大学的生化实验室可说是我的家，我由学生而助教，而成为Sir William Dunn教授（Reader），都是在Hopkins爵士主持的生化系。他是英国的现代生化学之父，曾担任英国皇家学会会长。我的胚胎学研究是有原创性的，也是受到他的鼓励的。我对他有无穷的追忆。第五位我要提的是Charles Singer。他是科学史家。我曾住在他康惠（Cornwell）的家，满室是书，可以尽情浏览。我未听过他正式讲课，但在家常闲居的谈话中，我从他那里得益极多，当时情景，难以忘怀。上面这几位对我一生发生很大的影响。我把他们的名字写给你。

1942年，我的学术生命史上出现了一个大分界，自此，我的兴趣就转向中国科技史的研究了。当然，桂珍等中国朋友对我都有深远影响，这是大家已经很清楚的了。

金：在您从事的中国科技史的研究中，您遭遇到的最具挑战性的问题是什么？

李：应该是我们已谈过的问题，即现代科学为何发生在欧洲，而不是在中国。

金：这是一个老问题。我还是想问，您何时可以完成《中国科技史》这部巨著？

李：我实在不知道，我完全交给"道"。我想，至少再要十年或十五年。不过，有一点是可以肯定的，这个大计划一定可以完成，我也许不能在有生之年亲见它完成，但研究经费已有着落，各个分别计划的合作人都已约定了，剑桥大学出版社视此为最重要计划之一，出版也是没有问题的。

中国科技史的撰写计划以外，"东亚科学史图书馆"的建立也已有具体的眉目了。

九、"东亚科学史图书馆"的建立

金：对了，您能不能谈谈"东亚科学史图书馆"的构想和计划？

李：自1942年以来，我们从中国与西方搜集了许多科学史的珍贵资料，目前所收中日的书籍与论文已有五千五百个项目。有些项目包括多至几百乃至一千七百册。西方语文的有一万四千本。这些资料都是有高度选择性的，它们是多年苦心搜集得来的。这个图书馆的藏书在西方是独一无二的，在全世界，也只有北平科学院的科学图书馆可以比拟。再说，我们的资料是完全依研究题目，而非照语言来分的，因此，特别方便于专家的研究。我们觉得这些珍贵的资料应该有一永久庋藏的处所，以供世界学者研究之用，因为即使《中国科技史》完成，也只能用去其中一部分的资料。这个永久图书馆的想法已经有了具体的计划。剑桥大学新成立的罗勃逊书院（Robinson College）已经在书院西角捐出一块地，以供建馆之用，罗勃逊书院院长鲁易士（J. Lewis）教授对此很热心。（月前鲁易士教授访中大，他来新亚看我时，特别提到李约瑟博士的图书馆，言谈之间，可以看出他以罗勃逊书院有此图书馆而感到荣誉，此无疑将使罗勃逊书院在名院林立的剑桥树立一独特的形象与声誉。——耀基）我自己是罗勃逊书院的董事，桂珍是院士。东亚科学史图书馆地是有了，图则也画好了，目前我们正在筹募图书馆的建筑费用。我对这个图书馆有很大的信念，将来罗勃逊书院应是世界科学史家研究、讨论的一个好地方。

十、在科技史上替中国文化讨回一桩公道

金：最后一个问题。您觉得您遗留给后世最重要的是什么？

李：我不知道。但是，我想应该是我们几十年来所从事的工作。简单地说，这是一桩公道（act of justice）。我觉得西方对中国文化是不公道的，现代西方最骄傲的是科技，西方人长久以来，以为中国是没有科技的，这是极大的不公道。我想我们的工作是对中国文化尽了一份公道。我希望有一天，也有人对印度的科技史作一系统的研究。我希望大家知道，科技是世界性的，它不是哪一个民族或文化的专有品，在科技的发展史中，许多文明在过去都曾有过贡献，并且相信将来更会如此。唯有在各个文明互重互谅下，世界的明天才有福祉与和平。同时，唯有各个文明合作，才能看到早期皇家学会所称的"真的自然知识"之伟大巨厦的建立。

1980年3月

小川环树与日本之中国古典文学

一

1978年秋，新亚书院建立了"钱宾四先生学术文化讲座"。

是年秋，宾四先生亲自来港，主持讲座之首讲，讲题是"从中国历史来看中国民族性及中国文化"，深入浅出，听者动容。他的讲稿现已分别在港台二地以专书刊布，影响深远。1979年10月，讲座的第二位讲者是誉满中外的剑桥学者李约瑟博士（Dr. Joseph Needham）。我们之邀请李约瑟博士为讲座的第二位讲者，毋宁是很自然的。讲座成立之初，我们就立意要使它成为世界性的。我们相信学术没有国界，它是超越政治、种族、宗教之上的。这个讲座以发扬中国文化为宗旨，而中国文化早已成为世界文化的一个组成。在世界各国，对中国文化有温情之敬意而卓有成就者，颇不乏人。因此，我们愿意通过这个讲座逐年邀请他们来院讲学。李约瑟博士从事《中国科技史》（*Science and Civilization in China*）之巨构，焚膏继晷，数十年如一日，其对中国文化之热诚，令人动容。他在新亚主讲"传统中国之科学：一个比较的观点"，通过严谨的科学方法与丰富的想象力和识见，拓展了中国文化的视野，引起中外学界的重视。李约瑟博士之讲稿亦已分别由中文大学出版社及哈佛大学出版社出版。

二

当我们考虑讲座的第三位讲者时，我们的视线又返回东方。在中国文化的研究上，日本是一个极具历史与贡献的邻邦。日本与中国有源远流长的文化关系，中国的《论语》和《千字文》早在晋武帝时代即已传入日本。隋唐时代，中国文化直接输入扶桑三岛，促发了日本的"大化革新"，使社会文明的面貌焕然改变。自兹之后，儒家思想实际上成为形塑日本价值规范的重要因素，其影响迄今不断。明治维新之前，儒家经典为日本学者钻研之对象，且学者均有一定之修养。明治维新之后，西方学术思想与方法传入日本，使日本传统汉学发生重大激荡，在研究领域上，从经学扩展到文学、史学以及美术等，光景丕然一变。故在世界汉学研究史上，日本始终是重要中心之一，且代有卓然成家的巨子。新亚讲座最先希望能邀请到的是吉川幸次郎先生与小川环树先生，并决定1980年的讲座先由年齿较长的吉川先生担任。吉川先生是日本汉学界的权舆，在国外久享盛名。吉川先生才气纵横，方面广，开拓多，文章吸引力大，更能"从人人读的一般书里，提出新的见解"。他与三好达治合著的《新唐诗选》，脍炙人口，而自编的《吉川幸次郎全集》，皇皇巨制，尤声华夺人。吉川先生讲一口京片子，识者称美，而他不但能写典雅的中文，且有一手老辣的书法。1978年秋，我写信请吉川先生担任讲座时，他在乙未十二月六日的复信中特别说："踵二老之后，征管窥之说，何荣如之"，惟当时他正患胃病，延医割治不久，十分担心身体的情况，他特别忧虑在讲座时"若临时中辍，尤恐不安"，因此很感到犹豫。接其来书，我再次去函，重申邀请之诚意，并趁饶宗颐先生赴京都讲学之便，请其顺道催驾，就在这段时间，我陆续接到吉川先生身体有变化的消息，忐忑不安者久之。1980年4月8日，就听到吉川先生谢世之噩耗。毫无疑问，这不只是我们的损失，日本的损失，也是世界汉学界的损失。为了表示我们对这位邻邦伟大学者的诚敬之意，新亚决定1980年不另请其他学人，讲座停办一年。

吉川幸次郎先生逝世，日本汉学界不无寂寞之感，幸而，小川环树先生仍健在。我们于是决定请小川先生担任1981年"钱宾四先生学术文化讲座"的讲者。小川先生与吉川先生的样貌、性格与文风十分不同，惟二人皆是日本中国文学方面的巨擘。再者，二人情谊深厚，皆以发扬中国文化为毕生大业，且合作从事过不少学术工作，如《中国文学报》、《中国诗人选集》等。所以由小川环树先生来主持讲座，不但使讲座享有崇高声誉，更且弥补了去岁因吉川先生之逝世而停办讲座的遗憾。

三

小川环树先生，生于1910年，1932年在京都大学文学部中国文学科毕业。在文学方面，师承铃木虎雄、青木正儿；在语言学方面，受仓石武四郎影响最深。1934年到中国北京大学及中国大学留学两年，从魏建功、吴承仕、钱玄同诸先生游，并受知于罗常培先生。返国后，执教于大谷大学、东北帝国大学等校。1948年返其母校京都大学担任讲席，直至1974年荣休，前后达四分之一世纪。京大为敬崇先生之成就与贡献，于先生荣休后聘其为名誉教授。京都大学近数十年来在中国文学上之享有显赫地位与深远影响力，与吉川幸次郎及小川环树这二位先生的坐镇是分不开的。熟知日本汉学界者，皆认为当吉川与小川先生在京都大学主持讲座时，一时瑜亮，尽得精彩，京大中文学系达于黄金时代。

小川先生不只受业于名师，更是出身于名门。小川先生的家庭真正当得起中国人所说的书香世家。他的尊大人小川琢治先生，是地质学家，并且精通中国古代地理。他的三位兄长在学术上无不饮誉一方：小川芳树先生，冶金学家；具冢茂树先生，历史学家；汤川秀树先生，则是日本第一位获得诺贝尔奖的物理学家（汤川先生最近不幸谢世，我们在此特表敬悼之意）。小川环树先生生长在这样的学术世家，与其说他拥有一个登向学术之宫的优势环境，毋宁说构成了他心理上的重大冲击与挑战。但小川先生毕竟以深厚的学识与坚毅的定力，昂然走向中国文学的广阔天地，而开辟了一片独特领域。在中国文学的研究上，小川先生与吉川先生互相契合，而各有所擅。现在京都大学执教的兴膳宏先生曾受业于二人，对此有一段很好的描写：

> 两位先生所授课目，实际上在多方面互相关联，连二人的著作也显示并行不悖的趋向：吉川教授著《诗经国风》、《宋诗概说》、《元明诗概说》等，小川教授则著《唐诗概说》、《苏轼》等；吉川教授翻译《水浒传》，小川教授则翻译《三国志演义》；吉川教授出版《元杂剧

研究》，小川教授则出版《中国小说研究》。如此学术上相辅雁行，齐头并进，实属罕见。

在世界汉学界，小川先生无疑是对中国古典文学作返本开新工作的第一线学者，他在《风与云——中国文学论集》等著作中，对中国文学中的一些问题，不只有新的看法，而且对后来的研究有定性定向的作用。小川先生是一位十分谨严的学者，轻易不落笔，落笔必有物，而且细致精纯。从他著作的内涵观察，小川先生的兴趣与心得是多方面的，他的学养是博通而又专精。最难能可贵的是，他不但在中国古典文学上有深湛渊博的造诣，同时在中国语言学上也有夐然不凡的成就，他的《中国语（言）学研究》一书奠定了他在这方面的声誉。

四

前一辈的日本汉学家，不只能说中国话，看中国古典，并且都能写一手可观的中国字。当我收到第一封小川先生的信时，很为他的书法所吸引，觉得有地道的中国气味，令人感到亲切（钱锺书先生认为他的书法大有唐人欧阳询的风格）。品其书，而思见其人。去年8月，我有幸在南港"中央研究院"举办的国际汉学会中见到小川先生，他给我的印象，诚如兴膳宏先生所说："清瘦如鹤，风度翩翩。"在会议中，他用中国话宣读《陆游诗及其家学》的论文，英华内敛，朴实中见其精美。之后，我们有机会在台北故宫博物院阁楼一起饮咖啡，当时，楼外细雨迷蒙，先生一边赏景，一边谈些书画之事，文静轻淡，恂恂儒雅，一身充满了艺术性与古典气质。

小川先生在世界汉学界享有盛誉，但迄今为止，他的重要著作还没有译为中文，使不谙日文者无缘一近先生的学问，不能不说是一遗憾。小川先生毕生精治中国文学、语言学，在日本为中国文化的传播发扬不遗余力，在中国学术上贡献卓越。我们久在盼望能有机会一接他的言论风采。现在，小川环树先生翩然莅港，为新亚书院主持1981年的"钱宾四先生学术文化讲座"。先生将作三次演讲，总题是："风景在中国文学上之意义与其演变"。小川先生对中国诗学素有深刻独到的研究，对中国风景诗之阐发尤名于世，此次讲学之有精彩论析，是可以预见的。我们相信，这不只是新亚书院历史中的重要一章，也将是中日学术交流史上的重要一章！

1981年9月

狄培理与美国之新儒学研究

一

　　三十三年前，新亚书院在香港诞生，它孕育于一个伟大的学术文化理想。这个理想就是要承继中华传统，开展中国文化。此一理想的标立，乃是有感于中华文化传统百年来受到多种势力的侵压与歪曲，使它的真貌与精神无由彰显，且衰微倾圮，不绝如缕。是以钱宾四等诸先生于颠沛流离、忧患无已的困境中，发愿建校，以振兴中国文化为情志所在，故新亚之建立，实象征中国读书人对中国文化之信念与大愿。诚然，新亚理想的落实，端赖我们长期与多方面之努力，而天下之大，东海、南海、西海、北海，必多有对中国文化抱持与新亚同一情志者。同时，我们相信，在今日万国交通、天下比邻的情形下，学术已日趋世界化，中国文化不发展则已，发展则必成为世界文化之一个重要组成。1978年秋，我们建立了"钱宾四先生学术文化讲座"。

　　这个讲座的中心旨趣不外在汇聚世界第一流研究中国文化学人之智慧，以显发中国学术文化之潜德幽光。1978年秋，钱宾四先生重临他手创的阔别多年的新亚，主持讲座之首讲，讲题是："从中国历史来看中国民族性及中国文化"。当时，钱先生已八十四高龄，且困于黄斑变性眼疾，惟先生连作六讲，一丝不苟，足见先生对此讲座之重视，而其对中国文化情之厚、信之笃，固表露无遗矣。1979年10月讲座第二位讲者是科学史的权舆、剑桥学者李约瑟博士（Dr. Joseph Needham），主讲"传统中国之科学：一个比较的观点"（Science in Traditional China: A Comparative Perspective）。在一系列的五次讲演中，他将其毕生治学精华浓缩谈出，在宏伟的世界科学宫殿中客观地凸显了传统中国科学的光辉。李约瑟博士之讲演，拓展了中国文化的视野，使中国人在现代科学的研探中，获得最真切的鼓舞。1981年讲座的第三位讲者则是日本京都大学名誉教授小川环树教授，小川教授是日本研究中国古典文学的第一线学者，他主持的"风景在中国文学上之意义与其演变"的一系列讲演，细致地透露了他对中国诗学的独到见地，他之来新亚，实是中日学术交流史上的重要一页。

二

1982年讲座的讲者，我们决定敦聘美国哥伦比亚大学担任"梅逊讲座教授"（John Mitchell Mason Professor of the University）的狄培理先生（William Theodore de Bary）。这是由于狄培理先生不但在新儒学方面有卓越的成绩与贡献，并且在中国思想研究的推动上，也在美国学术界起了不平凡的领导作用。

美国在中国文化的研究上，较之西方欧洲许多国家，历史是最短的。开国时代的贤哲，如华盛顿、富兰克林，诚然对中国文物思想颇多向往，但当时美国对中国，乃至整个东方的认识是极为浮光掠影的。此后，像艾默生、梭罗等少数俊杰虽然对中国文学哲学的境界有一种欣赏之喜爱，但19世纪的美国知识界对中国的了解仍不脱皮相耳食，且在在惟欧洲马首是瞻。一般言之，1891年理雅各中国经典译品的问世为英语世界研究中国思想与哲学奠立了基础，而美国也大约从这时候开始才有较为严谨的学术性探索。20世纪30年代之后，中美学术界交流加增，中国研究在美国在质与量上皆有大进步，光景一变。二次大战之后，美国学术界对中国之兴趣有增无减，各著名学府多有中国学科之设，研究亦日趋多元化、精致化，大大越出传统汉学之范围。由于人才汇聚，资源丰沛，中国研究蔚成大国，成绩斐然可观，美国隐然已成为中国研究之重镇。惟美国学术界之主流，沿循了"五四"反传统的脉络，对儒家思想之价值自觉与不自觉地怀疑多于肯定，且大都认为中国文化传统已到了山穷水尽之境或且直以为儒家学说是中国现代化之根本障碍。中国文化传统中潜隐与显性的问题，在这个严峻的批评过程中固然得到进一步的厘清与披揭，但中国文化思想中内在价值却也因此陷了深一层的迷障。就在这样的一个学术风气和局面下，有一些学人，对中国文化，特别是新儒家思想，却抱持更深的同情的理解与反省，他们通过对原典的体会与研究，逐步从儒学本有的思想结构中去掘发它内在的精神活力和自我创造转化的机运。经由这些学者长年苦心经营，向为人所忽略的新儒学逐渐成为一个学术研究的大课题，而新儒学的历史意义与时代价值亦渐次获得欣赏与重视。也因此，我们相信，整个儒学传统的评价势必受到新的考察。诚然，新儒学的研究在东方世界不乏大力推动倡导的老师宿儒，新亚书院的前辈学人如钱宾四、唐君毅、牟宗三、徐复观诸先生在这方面即作了许多承先启后影响巨大的工作。惟在美国，则陈荣捷先生最称老师。而著书立说，策划领导，使新儒学研究蔚成气候者，则不能不首推狄培理先生也。

三

狄培理先生，生于1919年。他的学士、硕士和博士学位皆得自哥伦比亚大学。此外，他曾先后在哈佛及中国的燕京大学和岭南大学研究。20世纪40年代末，他在岭南大学与陈荣捷教授相交，结下此后数十年学术合作之缘，成为中美学术界称道不已之美事。1949年，先生返母校首执教鞭，孜孜不倦以迄于今，历三十余年，他的学术生涯可说与哥伦比亚大学密不可分。自1953年起先生在哥大陆续出任了大学东方研究委员会主席（1953—1961）、东亚语言及区域中心主任（1960—1972）、东亚语言及文化学系主任（1960—1966）、卡本德东方研究讲座教授（Carpentier Professor of Oriental Studies，1966—1979）、大学教务会执委会主席（1969—1971）等职。1971年起担任该校综理学术发展的副校长之职达八年之久。先生不但是一流的学人，且是一流的教育行政长才。他首先发展了哥大大学学院的本科课程，继而拓展了研究院的东亚研究，此外，又领导主持了一个出版计划，为通识教育及研究所出版了一百五十本以上的书籍。先生之用心盖在为哥大重建学术之方向，其主要之目的则不外通过各种教育计划以推动学术之更新。他在副校长任内，创立了生命科学、社会科学及人文学的各个中心，建树宏多，贡献卓绝。先生于卸脱副校长之重任后，由于该职负荷过重，校方不得不将之一分为三，由三位副校长分而任之，先生精力与能力之过人处于此可见一斑。

狄培理先生之本色是书生，学术是他最根本的趣旨，故无论教育行政如何繁重，他在学术研究上数十年如一日，从不间断，是以著述不辍，质量皆富。他之研究范围为东亚思想与宗教，而其着力最多者则是中、日、韩之新儒学。先生对新儒学之兴趣发源于早年对明末大儒黄梨洲（宗羲）之研究，对梨洲《明夷待访录》一书极之心醉，其博士论文即以是书为中心根源。先生自称梨洲是他精神上的老师，他之对新儒学乃至整个中国思想之探根寻源可说是以梨洲之学为切入点的，而其方法亦师意梨洲，即从中国传统的内部本身以发掘儒学之原始义及其开展落实之问题与契机。当狄培理先生进入新儒学之际，新儒学在美国学术界仍是一片荒凉落寞，研究新儒学是一条孤寂的道路。但他在与陈荣捷先生等少数人砥砺切磋下，更从原典的阅读中获得信念与兴趣，对于新儒学一往情深，不但自己钻研冥索，乐此不疲，并大力鼓吹，纠合北美志同道合之学人齐力研究，在哥大且开设"新儒学思想专题研究"之课程，更通过各种基金会的支助，召开一系列国际性会议，延请中、美、日、韩等国学者互相攻错，使当代研究新儒学者同声相应，汇成学术动力。

狄培理先生治新儒学的心路历程，旁搜远绍，不断加深扩大。在纵的方面说，他由明而上溯宋元，相信明代儒学之精神内涵实上承宋元之余绪而来，而欲展现其历史的发展面貌与底蕴；从横的方面说，他由中国而旁及日本、韩国，认为新儒学绝不只是中国之文化现象，亦是东亚的文化现象，而欲探讨其普遍性与特殊性。无疑地，新儒学是思想上一庞大复杂的课题，必须集合一代甚或数代学人的智慧与学力始得有功。而迄今为止，狄培理先生已经编著了五本专书，另外至少尚有四本正在计划之中。

已出版者包括：①《明代思想中的个人与社会》（*Self and Society in Ming Thought*，1970）；②《新儒学的开展》（*The Unfolding of Neo-Confucianism*，1975）；③《理学与实学》（*Principle and Practicality*：*Neo-Confucianism and Practical Learning*，1979）；④《道学与心学》（*Neo-Confucian Orthodoxy and Learning of the Mind and Heart*，1981）；⑤《元代思想：蒙古人统治下之中国思想与宗教》（*Yuan Thought*：*Chinese Thought and Religion Under the Mongols*，1982）。无可置疑地，这些书将不只对当代亦且对下一代有志于新儒学者产生影响。必须指出者，先生学术兴趣之焦点固在新儒学，但他的学术视野却远为辽阔，确切地说，他的学术观是世界性的。先生是一位西方人，但他的文化理念是一泯灭"东"、"西"之对的世界社会。他肯定东方文化在世界文化中的重要位序。在《世界社会的教育》一文中，他严肃地指出东方技术的落后绝不可误以为是东方文化或社会的不成熟。他坚信东方文化应该是西方大学通识教育的一个重要组成。在这里，他显然感到西方对东方理解是不足的，故在20世纪50与60年代，在他倾力投入到新儒学之前，先生与一些有心人，全心全意地从事一项介绍和引进东方文化的大计划。

他先后编写了下列重要的著作，如：《东方古典研究法》（*Approaches to the Oriental Classics*，1958）；《亚洲文明研究法》（*Approaches to Asian Civilization*，1964）；《东方典籍入门》（*A Guide to Oriental Classics*，1964）；《日本传统典籍选编》（*Sources of Japanese Tradition*，1958）；《印度

传统典籍选编》（*Sorrces of Indian Tradition*, 1960）；《中国
传统典籍选编》（*Sources of Chinese Tradition*, 1960）；《佛
学传统典籍选编》（*The Buddhist Tradition*, 1958）。这一系
列著作的出版，不啻开启了通向东方文明殿堂的大门，也许不
算夸大地说，这是英语世界对中国乃至整个东方思想研究的分
水岭。

先生在学术与教育行政上的成就，广受推崇，所得荣誉不
胜枚举。其荦荦大者，如圣劳兰斯大学（St. Lawrence）、罗
耀拉大学（Loyola）之荣誉博士学位，美国历史学会之华吐穆
（Watamull）奖，教育出版协会之费雪般（Fishburn）奖，而
于1969年更荣膺美国亚洲研究学会会长。

四

狄培理先生数十年的学术生涯，简言之，即在从事承继中
华传统，开展中国文化的事业。他曾将新儒学运动比拟为欧洲
的文艺复兴，盖两者皆在返本开新，从古典中汲取文化创新之
灵源。先生对中国文化有温情的敬意，但他不是一味做中国文
化的辩护士。他相信中国文化对当代人类有其价值，并对未来
世界新社会之建立可以有重要的贡献，可是他也毫不讳言地指
出，新儒学乃至整个中国传统有其不足与制限，必须不断自我
充实与更新，始能继续在今天和未来的世界担当积极的角色。
我们深深感到，狄培理先生的情志所钟与新亚书院不谋而合。
1979年夏在南港"中央研究院"举办的国际汉学会议中，我当
面提出新亚请他担任第四届"钱宾四先生学术文化讲座"讲者
的邀请时，他稍作思考，便欣然应诺，并即与我商讨讲座的时

间等问题。去年6月在美国缅因州一次学术会议中，有缘再次与先生聚首。一俟会议结束，他便邀我在庭园中讨论今春讲座之事，他表示将以"人之更新与新儒学的自由精神"（Human Renewal and the Liberal Spirit in Neo-Confucianism）为讲座之主题，其四个子题则是：①人之更新与道之重获（Human Renewal and the Repossession of the Way）；②新儒家教育的自由精神（The Liberal Spirit in Neo-Confucian Education）；③新儒家之个体主义与人道主义（Neo-Confucian Individualism and the Humanitariannism）；④明代新儒学与黄宗羲的自由思想（Ming Neo-Confucianism and the Liberal Thought of Huang Tsung-hai）。此一系列的讲题，自是先生深思熟虑后的精品，且十分切合时代之需要，其受听者之欢迎殆可预料。先生予人之印象，温文庄敬，恂恂如也，的然儒者之风范。在缅因州这次聚会中，更有幸得识狄培理夫人芬妮·白丽德（Fanny Brett）女士。女士与先生结缡四十载，甘苦与共，夫唱妇随，先生学问事业之成功，女士之功不可没也！

狄培理先生今春来新亚讲学，自别有一番亲切，盖新亚乃先生旧游之地。他与钱宾四、唐君毅等先生早年相识，与新亚师生在精神上早多契合。先生之中国名字"培理"即为宾四先生所取，此次又为"钱宾四先生学术文化讲座"之讲者，可谓有缘矣！在此，我们郑重地欢迎狄培理这位杰出的学人，这位新亚的远方友人，并祝他们贤伉俪此行愉快。

1982年2月

为香港带来春意的美学老人

——迎朱光潜先生来新亚讲学

一

新亚书院在成立之始，即有公开学术讲座的制度，学术为天下公器之精神一直为新亚人所珍贵。1977年，我们募得一笔基金，创办了"钱宾四先生学术文化讲座"，使讲座有了永久性的基础。

新亚同仁相信学术没有国界和大学的世界精神，同时，我们更相信中国文化之发展，必须通过学术研究、中西文化之交流。以此，"钱宾四先生学术文化讲座"所邀请的讲者就不局限于一地一国，且有意识地使它成为国际性的学术活动。第一讲邀请钱宾四先生亲自主讲后，我们依次邀得了英国剑桥大学的李约瑟博士，日本京都大学的小川环树教授和美国哥伦比亚大学的狄培理教授主持讲演。这几位都是当今国际上对中国文化之研究有卓越贡献的学人，他们的讲堂风采固然在听众的心目中留下深刻难忘的印象，他们的讲词，通过专书的出版更是流传久远，影响不磨。今年，我们的眼光，又从西方返回东方，我们邀请了北京大学的朱光潜教授作为1983年的"钱宾四先生学术文化讲座"的讲者。

二

朱光潜先生，笔名孟实，是中国著名的美学家、文艺理论家。谈中国的美学，是不可能不联系到孟实先生的。诚然，朱光潜三个字与中国的美学是不能分开的。从他学生时代《给青年的十二封信》（1931）这本书出版后，先生即在广大的青年读者心中建立起一个亲切而可敬的形象。先生的第一部美学著作——《文艺心理学》（写成于1931，1936问世）是蔡元培先生提倡"美育代宗教说"以来，第一部讲得"头头是道，醰醰有味的谈美的书"（朱自清语）。接着，他发表了《谈美》（1932），《孟实文钞》（1936）、《谈修养》（1946）、《谈文学》（1946），并译出他的美学思想的最初来源——克罗齐的《美学原理》。此外，他还出版了《变态心理学》（1933）、《变态心理学派别》（1930）和《诗论》（1931写作，1943出版），同时，在英哲罗素的影响下，还写了一部《符号逻辑》（稿交商务印书馆，不幸在日本侵略上海时遭炮火焚毁了）。1948年初则出版了《克罗齐哲学述评》。这些极有分量并且在中国美学园地上播种的著作，有许多都是光潜先生尚在英、法留学，德、意游历时期的产品。在英、法留学八年之中，他大部分的时间都花在大英博物馆和大学的图书馆里，一边研究，一边著述。从这些著作的质量，我们可以想象得到先生读书之勇猛和写作之勤快。

光潜先生于1925年，考取安徽官费留英，取道苏联，进入爱丁堡大学，选修英国文学、哲学、心理学，欧洲古代史与艺术史，亲炙谷里尔、侃普·斯密斯等著名学人。毕业后，转入伦敦大学的大学学院，并在海峡对面的巴黎大学注册，偶尔过海听课，巴黎大学的文学院院长德拉克罗瓦教授讲"艺术心理学"，触发了他写《文艺心理学》的念头，而在爱丁堡大学时，因写《悲剧的喜感》一文获心理学导师竺来佛博士之青睐，使他起念写《悲剧心理学》。后来，他离开英国，转到莱茵河畔，诗哲歌德的母校斯特拉斯堡大学，完成了极具原创性的《悲剧心理学》（*The Psychology of Tragedy*）的论文，嗣后并由该校大学出版社出版。去年5月，先生来函告诉我，这本原由英文写作的论文不久将有中译本（张隆溪译）问世了。

<h2>三</h2>

光潜先生的求学和学术事业是很曲折、很不平凡的，他于1897年出生在安徽桐城的乡下，从六岁到十四岁，受的是私塾教育，到十五岁才入"洋学堂"（高小），在高小只待了半年，便升入桐城派古文家吴汝纶创办的桐城中学，这使他对古文发生很大的兴趣。1916年中学毕业，当了半年的小学教员，虽然心慕北京大学之"国故"，但因家贫出不起路费和学费，只好进了不收费的武昌高等师范的中文系，由于师资不济，一无所获，幸而读了一年后，就通过了北洋军阀教育部的考试，被选送到香港大学读教育学。当时一共有二十名学生，他是其中之一。这二十个学生，尽管来自不同省籍，但在学校里则一律被称为"北京学生"，他在一篇回忆的文中说，"北京学生"都有"十足的师范生的寒酸气"，在当时洋气十足的港大要算"一景"。他与朱跌苍和高觉敷还赢得Three Wise Men的诨号。先生对当时的几位老师，一直有很深的眷念，如老校长

爱理阿特爵士，工科的勃朗先生，教哲学的奥穆先生。他对教英国文学的辛博森教授，尤为心折，以后并进入辛博森的母校——爱丁堡大学。

到港大后不久，国内就发生了五四运动。洋学堂和五四运动虽然漠不相关，但先生早就酷爱梁任公的《饮冰室文集》，在香港又接触到《新青年》，故而新文化运动和白话文运动对先生都有深刻的影响，他的处女作《无言之美》就是用白话文写的。港大毕业后，先生曾先后在上海吴淞中学、浙江上虞白马湖的春晖中学教书。在春晖，他结识了匡互生、朱自清和丰子恺几位好友，后来，他们都到了上海，再交上了叶圣陶、胡愈之、周予同、刘大白、夏衍，由于志同道合，成立了一个立达学会，在江湾筹办了一所立达学园，并由先生执笔发表一个宣言，提出了教育独立自由的主张。同时，他们又筹办了开明书店和一种刊物（先叫《一般》，后改名《中学生》）。"开明"就是"启蒙"，先生一生从事学术工作，但他并不喜欢"高头讲章"，始终不忘记教育下一代青年的责任，因此，总爱以亲切平白的文字，与读者对话晤面，在八十高龄之年，他还写了《谈美书简》这样深入浅出的文章。他在青年的心中，始终是一位循循善诱的好老师，尽管他对美学有渊渊其深的修养，但他一直以散播美学的种子，丰富人生的艺术化为教育的目标。

先生学成返国后，应胡适之、朱自清和徐悲鸿的邀请，先后在北京大学、清华大学研究班和中央艺术学院教书，那时文坛上正逢"京派"和"海派"的对垒，由于先生是胡适请去北大的，也就成了"京派"人物。后来，他与杨振声、沈从文、周作人、俞平伯、朱自清等，主编了商务出版的《文学杂志》，这个杂志的发刊词就出于先生的手笔，他呼吁在诞生中的中国新文化要走的路应该广阔些，丰富多彩些，不应过早地狭窄化到只准走一条路；这是他文艺独立自由的一贯见解，也即他一早就主张百家争鸣，就反对搞"一言堂"。事实上，他身体力行，《文学杂志》刊出的文章就并不限于"京派"人物的，像闻一多、冯至、李广田、何其芳、卞之琳等人的文章就一样出现在这份风行一时的刊物上。

四

在过去三十年中，先生的学术生涯是崎岖险峻的，学术文化界不断受到"左"和右的干扰；特别是"文化大革命""四人帮"对文艺界施行法西斯专政达十年之久，文化学术到处设置禁区，出现强烈的反智主义的倾向，造成了万马齐喑的局面。无疑地，这一段漫长的时间对所有具有学术尊严与良心的读书人都是一严厉的冲击与考验，光潜先生由于在美学上的领导地位，也因此成了"反动学术权威"，成为批判对象之一。从1958到1962年，大陆美学界进行了全国性的大辩论，先生的学术观点受到严厉的批判，他对待这次批判的态度则是认真而不含糊的。他不亢不卑，"有来必往，无批不辩"，充分显示了一个伟大学人的风范。在整个过程中，先生的心灵是开放的，他就事论事，就理言理，宁定而泰然；他不惮于修正自己的观点，但同时也敢于坚持自己认为正确的东西。为了对美学有全面的体验，他且决心研究马列的美学思想，但当时一位论敌公开宣布："朱某某不配学马列主义！"这样就更激发了先生致力马列的钻研，凡是译文读不懂的必对照德文、俄文、法文和英文的原文，并且对译文错误或欠妥处都做了笔记，提出校改意见。我们应知道，那时，先生已近六十岁了，他对法、德、英各国文字原是极有修养的，但俄文则必须从头学起，他的俄文是完全自学的，他一面听广播，一面抓住契诃夫的《樱桃园》、屠格涅夫的《父与子》和高尔基的《母亲》这些书硬啃，一遍一遍地读，有些章节到了可以背诵的程度，就以这样惊人的毅力学会了俄文，使他掌握了所有研究马列需要的重要语言。先生所写的探讨马克思主义基本原理的论文，以及他对马克思的《费尔巴哈论纲》和《经济学哲学手稿》中关键章节的详透注释和评估，足可以使那些死抱马列教条而无真解的论敌汗惭无地。至于1963年先生撰写的二卷本《西方美学史》，则是他回国后二十年中一部下过大功夫的皇皇巨制；论者认为这部著作"代表了迄今为止中国对西方美学的研究水平"，应非过誉！但"文革"爆发之后，这部著作被打入冷宫，而先生也关进了"牛棚"，被迫放弃了教学和研究工作。在"牛棚"时，先生说："我天天疲于扫厕所、听训、受批斗、写检讨和外访资料，弄得脑筋麻木到白痴状态。"像朱光潜先生这样正直、清纯、温厚的老学人都受到这样的糟蹋，"文革"对中国文化学术的摧残之大之深，可以思过半矣。

五

光潜先生半个多世纪以来，一直坚守在美学岗位上。尽管他在美学界赢得崇高的地位，但他从来没有自立门户，也不企图成一家言，他所坚持的只是博学守约和科学谨严的态度，并且要把中国的美学接合上世界美学的潮流。他相信美学作为一个专门学问，必须放在一个广博的文化基础上；他说："研究美学的人如果不学一点文学、艺术、心理学、历史和哲学，那会是一个更大的欠缺。"在长年的美学论战中，他发现有些美学"专家"，玩概念、套公式，而砭砭拘守于几个僵化的教条，他相信这种廉价式的美学观主要是由于这些专家缺少美学必要的知识基础。先生认为思想僵化的病根是"坐井观天"、"画地为牢"和"固步自封"。他常把朱晦翁的一首诗作为座右铭："半亩方塘一鉴开，天光云影共徘徊。问渠那得清如许，为有源头活水来。"而光潜先生的源头活水则是东西方的学术传统。他认为西方的经典著作虽然有其局限性，但不可盲目排斥，必须一分为二，作批判性的接受与继承，所以他自20世纪50年代以来，孜孜不倦，翻译了《柏拉图文艺对话集》、莱辛的《拉奥孔》、歌德的《谈话录》以及三大卷的黑格尔的《美学》，他于八十高龄之后，还以两年的时间译了维柯（Vico）四十万言的《新科学》（*Scienza Nuova*）。这些伟大的经典著作，都是光潜先生的源头活水，所以他的生机不绝，精神常新。我们知道，只有通过对传统经典的掌握，中国美学才能站在巨人的肩上，有更高更远的视界和发展！

讲到中国美学的发展，先生一直就主张思想的自由与解放，由于"文革"的法西斯主义的毒害，学风败坏，邪气滋长，陷阱处处，寸步难行，温文敦厚的光潜先生也发怒了，他挺身发出"冲破禁区"的讨檄令。他要冲破"人性论"的禁区、"人道主义"的禁区、"人情味"的禁区、"共同美感"的禁区，特别是"四人帮"、"三突出"谬论对于人物性格所设的禁区。他说："冲破他们所设置的禁区，解放思想，按照文艺规律来繁荣文艺创作，现在正是时候了！"光潜先生所发的怒不是个人的，而是为中国学术文化的前途而发的！但丁的"地狱"门楣上有两句诗告诫探科学之门的人说："这里必须根绝一切犹豫，这里任何怯懦都无济于事。"在探索真理的道路上，先生没有犹豫，没有怯懦。

六

朱光潜先生今年已经是八十六岁的高龄了，但他在学术的前线上还没有退下来。事实上，在他，学术只有开始，没有结束。他说："我一直在学美学，一直在开始的阶段。"这不只显示了他对学问的炽热，也显示了他生机的丰盛。六十岁开始学俄文，八十岁之后译《新科学》，这是何等精神！真的，光潜先生无时无刻不在学术园地里耕耘。最近出版的《美学拾穗集》，收刊的都是他八十岁以后的文字。他把此书取名"拾穗集"，把自己比拟为米勒名画中三位拾穗的乡下妇人。只有真正体认到学问之庄严与无止境，才会有这样虚怀若谷的襟怀！去年10月19日，北京大学在未名湖畔的临湖轩为先生从事教育六十周年举行了一个隆重的庆祝会，席上他说："只要我还在世一日，就要做一天事，春蚕到死丝方尽，但愿我吐的丝凑上旁人吐的丝，能替人间增加哪怕一丝丝的温暖，使春意更浓也好。"

光潜先生对美学的贡献，不只为国人所共认，在国际上，杜博妮（Bonnie S. Dougall）博士在瑞典诺贝尔基金会资助的讨论集中发表的《朱光潜从倾斜的塔上望19世纪30年代的美学和社会》，英国格拉斯哥大学的拉菲尔（D. D. Raphael）写的《悲剧是非两面谈》和意大利汉学院的沙巴提尼（M.

Sabattini）教授写的《朱光潜在文艺心理学中的克罗齐主义》，都对他的美学成就予以高度评价与赞誉。令人感到最安慰和高兴的是上海文艺出版社已陆续开始出版五大卷的《朱光潜美学文集》。除了数以百万言的译作之外，先生的美学著作和与美学直接有关的文学、心理学和哲学著作都忠实地收进去了！这个文集反映了先生美学思想的发展行迹，也显示了这位不厌不倦的学人卓越的成就！

七

今年3月中旬光潜先生将来香港中文大学新亚书院讲学。香港是先生旧时读书之地，这里有他美丽的回忆，对这个阔别了六十一年的城市，先生必然另有一番滋味，而3月初春的香港一定会因光潜先生之来而春意更浓，欢迎先生的又何止新亚书院的师生呢！

1983年2月2日

创建香港中文大学的巨手

——敬悼香港中文大学创校校长李卓敏先生

今天，我们在这里悼念的，是一位终生致力于学术文化的教育家，也是我们有无限追思的本校创校校长李卓敏先生。

一

李卓敏先生祖籍广东番禺，1912年2月17日生于广州。父亲镜池先生为工业家，有声于乡里。先生有兄弟姊妹十人：卓皓、卓荦、卓显、卓立、卓姀、卓寰、卓韶、卓球、卓美、卓宝。在科学界、医学界、教育界皆声光焕发，卓然有成，可谓一门俊杰。先生少时就读于广州培英中学，及长，肄业于南京金陵大学。嗣后赴美深造，先后获美国柏克莱加州大学文学学士（1932）、文学硕士（1933）及哲学博士（1936）学位。学成返国，正值抗日战兴，先生讲学于天津南开大学、国立西南联合大学、国立中央大学，为当时最年轻优秀教授之一，其言论风采，远播于黉宫之外。其间并以考察联络专员身份，分赴美国、加拿大及英国考察经济建设，并在多所大学讲析中国经济、文教等问题。大战结束后，先生先后应邀出任善后救济总署副署长、驻联合国亚洲暨远东经济委员会常任代表，以及行政院善后物资保管委员会主席。1951年，先生重新回到他心爱的教育专业，接受母校柏克莱加州大学之聘，出任工商管理学教授，兼任国际商业系系主任，并担任中国研究所所长。在此时期，先生在教学研究上，表现出色，他所著《共产中国之经济发展》及《共产中国之统计制度》二书，是中国研究领域中具开创性的表表之作，而柏克莱之中国研究所在先生领导下，成绩斐然，声誉鹊起，隐然为北美中国研究的重镇。

二

1962年，先生应香港政府邀请，出任第一次组成之富尔敦委员会委员。基于该委员会的建议，香港决定成立第二所大学。毋庸置疑，这是香港高等教育史上划时代的大事，而这项划时代工作的重任，则落在卓敏先生肩上。先生当时在柏克莱工作愉快，且正埋首多项研究计划，对于担任新大学首任校长的敦聘，初时坚决拒绝了，最后感于多方面的诚意，更出于培育中国学子之一念，毅然决定接受这项挑战，而加州大学在伦敦与华盛顿政府的力促之下，史无前例地同意给先生为期十年的特假。1963年，先生于焉成为香港中文大学的创校校长，也是香港有史以来第一位担任大学校长之职的华裔学者。创校之初，擘划经营，困苦艰辛，可以想见，惟先生之性格，挑战性越大，则意志越坚，决心越强。由于创办中大之挑战性，先生更感此工作意义之不凡。假期届满后，一延再延，足足主持了中大十五年之久。先生说："我留下来主要是为了接受挑战，在20世纪后期建立一所新大学实在是很大挑战。"诚然，先生成功地回应了这项挑战，十五年中，马料水的一座荒山变成了一座名播遐迩的壮丽山城，而中文大学亦成为享誉国际高等教育界的大学。实际上，先生不止建立了中文大学，也改变了整个香港高等教育的景观。

三

李卓敏先生出长中大之时，他心中已孕育着一个理想，就是把中大建立为一所现代的中国人的国际性大学。先生身受中国与西方两大教育传统的熏陶，充分掌握西方大学，特别是英美大学的优点，但他不满意亚洲一般大学盲目跟随西方的大学模式。他要创立的，不只是一种东西方大学的新综合，而且更着眼于香港的特殊需要。他尊重且理解构成中文大学三所书院的多元特色：新亚有儒家教育的理念，崇基有西方基督教的教育精神，而联合则有香港取向的教育实践性格。先生主持中大期间，无时不在努力将这些不同的教育理想作新的综合。卓敏先生在他的就职典礼上，是以铿锵有声的中文演说的，但他强调的，是大学的世界精神。先生曾不止一次表示："香港中文大学不会是一所英国的大学，也不是一所中国的大学，或是一所美国的大学。它要成为一所国际大学。"加拿大西安大略大学校长威廉姆士称先生为："一位国际主义者，他个人就代表了东方与西方的结合。"事实上，先生认为中大不只应该是东方与西方之间的一座拱桥，还应该是传统与现代之间的一座拱桥。基于这样的教育理念，先生自始即强调研究与教学不可偏离，并主张中英双语并重的教学原则。先生常常说，中文大学这名称是有特别意义的，他认为中文大学的使命不只在继承中国的文化传统，更在发扬中国文化。1974年，柏克莱加州大学颁授海斯国际荣誉奖给他时的赞语说："中文大学在他领导下，成为与众不同之研究现代中国问题之中心，因而使中国文化更为广泛发扬。"这确是他当之无愧的。

四

李卓敏先生不只是一位有伟大理想的人，他更是一位有能力把理想转变为事实和行动的人。我们读他所写的《开办的六年：1963—1969》、《渐具规模的中文大学：1970—1974》及《新纪元的开始：1975—1978》，就知道他如何把心中的大学的理念，通过具体的计划，一一付诸实现。在中大初成立的十五年中，中大由诞生而茁长的过程，是满布荆棘的，但先生天性乐观，凡事积极进取，并充满信心。1967年的动乱，几乎使不足四年的稚龄大学夭折。当时，先生认为在这样的危疑时刻，政府与社会正应全力支持中大，以向世界表达对香港前景的信念。事后证明先生的见解是正确的。卓敏先生一生多彩多姿，创办中大更使他的才能发挥得淋漓尽致。他有魄力，更有坚定不移的毅力与不畏艰难的意志力。先生说："除非不做，要做一定要做到底，做到好。"他不允许任何事物阻碍他实现目标，他不是没有挫折，更不是没有不如意事，但他不会让自己在压力下动摇信念。他在公余时以桥牌与网球遣兴散心，更常借书法来澄定心情，我们看到中大大门口"香港中文大学"六个大字，是如何的刚健与宁定！此外，读字典、编纂字典，固然是先生的兴趣，而这也正是他一种纾解压力、平衡心理的方法。一部极富创意的形声部首国音粤音《李氏中文字典》，泰半是在这种心情中编纂完成的。先生这样的能耐，不能不说是能人之所不能，也使我们更欣赏到先生多方面的才华。在中大十五年校长任内，先生最令人激赏的本领，不是他移动山头，建立大学城的魄力，而是他的说服力。他使别人接受他的想法，认同他的理念，响应他创立一所中国人感到骄傲的大学。这也是为什么他获公认为募款的能人。这也是为什么中大在香港各界有那么多支持者。

五

　　李卓敏先生心目中的中文大学，固然不是一所传统性的中国大学，而他也不是一位传统尺度足以衡量的校长。他综合了学者、企业家与总经理三种身份于一身。先生的心是中国的，他的视野是世界的。他的识见，他的能力，他的成就获公认为一位世界级的大学校长，使他获得各国大学及国际机构颁赠殊荣，包括香港大学荣誉法学博士（1967）、美国密西根大学荣誉法学博士（1967）、美国匹兹堡大学荣誉社会科学博士（1969）、美国玛规大学荣誉法学博士（1969）、加拿大西安大略大学荣誉法学博士（1970）。1977年美国"马克吐温国际协会"推选他为荣誉会员，1980年美国加州大学继颁予他海斯国际荣誉奖后，又颁授"柯克乐荣誉奖"。此外，他又是英国伦敦皇家经济学会与皇家艺术学会之终身院士。他于1967年获英女皇颁授C.B.E.（荣誉）勋衔，1973年再度获颁K.B.E.（荣誉）勋衔。本校为感念先生的勋劳，除于1978年颁授他荣誉法学博士学位外，又将医学大楼命名为"李卓敏基本医学大楼"。这众多的殊荣，都是实至名归；而他感到最大满足的，则是他培育学子的成果。先生曾说："当我亲眼看见第一位毕业生站在监督前正式领受学位时，我如何深受感动。"1978年9月先生自中大荣休时，中大学生会会长黄志新以"春风化雨"在惜别会上向老校长话别，黄志新亲切地称他为中大的"园丁"。是的，李卓敏先生是中大的伟大园丁。他灌溉、播种、耕耘的，是一所百年树人的国际学府。中大在他后继者的努力下，踵事增华，不断成长，不断发展。今天，我们环顾校园，在此读书的莘莘学子，不只是香港的青年，还有来自几十个国家的青年，三百三十英亩的山头已散落有致地布满了一百多座建筑，郁郁葱葱，弥漫着一片自由活泼的人文气象，与雄奇的马鞍山、幽美的吐露港，构成一幅美丽的图画。

六

先生退休后，重返柏克莱，读书著述之余，得以享受家庭之乐。子重华、淳华，女蔼华，皆学有所成，各有专业。孙宇宁最得先生喜爱。1978年，中国改革开放后，先生曾应邀数度返中国讲学，促进管理学之发展，奔波辛劳，不以为苦。近年健康转弱，疾病侵身，多在家居息养。

七

今年（1991）4月21日，卓敏先生在柏克莱与世长辞，享年七十九岁。噩耗传来，师生同感哀痛。今天我们在这里举行这个追悼会，借以表达对这位伟大园丁的敬仰与怀念。李夫人卢志文女士与长子重华先生千里归来含哀参加，我们在此致以最深的慰问。李夫人相夫教子，贤淑有德，她与卓敏先生一起看到中大由诞生到茁长，壮大，她也是卓敏先生把理想转为事实的最大支持者。我们相信李夫人会同意，香港中文大学是李卓敏先生最好，也是永恒的纪念。李卓敏先生的精神将与中文大学常相左右，永留人间。

一位有古君子风范的现代学者
——悼念马临校长

马教授夫人、家人、中大同事、校友、同学，各位朋友：

我今天怀着沉重、不舍的心情向一位中大工作上的老校长、老战友、老同事、老朋友告别。

我与马临教授相识近五十年，他是我十分敬重的一位长者。马教授出身于浙江的书香门第，父亲马鉴是出色的学者，曾是燕京大学中文系教授兼系主任，有好学、仁厚的美德。马校长就是在这样家学熏陶下成长的，十二岁时离京来港，先后就读英皇书院及岭英中学，日军侵华时举家回国，入读四川成都华西协合大学化学系。1952年，他前往英国里兹大学修读化学博士学位，毕业后于里兹詹姆斯医院和伦敦大学医学院教学医院从事博士后研究。1957年，马教授受聘到香港大学病理学系执教。1964年，即香港中文大学成立后一年，他因科研上的出色成绩受聘到中文大学出任化学系教职，也自此与中大结下半生之缘。

马教授半生心力贡献给香港中文大学。他为中大创立了生物化学系，成为首位讲座教授兼系主任，之后，因科研出众，行政才能出众，受到同事推崇，被选为理学院院长。1978年，创校校长李卓敏博士退休，马教授获中大校长甄选会推荐为继李校长之后的第二任中文大学校长。马教授深受李卓敏博士的器重，雄才大略的李校长对马教授寄予无比信任与期望。马教授强烈认同李校长创校理念，他担任校长后，专心一志推动、实践中大创校目标，可谓夙夜匪懈，矢勤矢忠，他曾说："要把中大办成一所真正现代化的，有国际水平与声望的大学。同时，又必须是一所深深植根于中国文化的大学。"这是马校长不负李卓敏博士的期托，也是他对中大的庄严许诺。

就我回忆所及，在马校长任内，他积极兴办医学院，强化双语双文化政策，推行暂取新生计划，设立哲学博士学位，改革提升本科课程，勠力推行通识教育。这些举措艰巨困难，都是学术与教育上的大工程。马校长行事低调，却成就斐然。回想起来，中大在开创、初展之期，有幸得有像马教授这样的一位勤慎负责的校长，在继李卓敏创校校长之后，全心全意为中大坚苦打拼，奠定巩固了中大成为一间一流的国际性的中国人的大学的基础。

马教授与中大的逸夫书院渊源最深，在他校长任内，因邵逸夫先生的巨资捐赠，他在新亚、崇基、联合三间大学的成员书院外，大力为逸夫书院催生并落实动工。马教授在1987年从校长岗位上荣休后，以独立自由的学者身份担任逸夫书院的校董会主席及校董会高级顾问，超过二十年。所以马教授与中大结缘，为中大倾心打拼实近半个世纪之久。事实上，逸夫书院是新亚、崇基、联合三间书院共同组成中文大学之后出现的第一间书院，也在中文大学在学院制（faculty）外，开启了一个多元的书院制（college）的新格局。（今天中大已有了九间书院了。）在马教授担任逸夫书院董事会主席期间，他亦是2002年成立的"邵逸夫奖"的始创成员之一。今日这个旨在推动全球学术科研的奖项，已为世界科学界所肯定，且被称为"东方诺贝尔奖"了，一年一度的颁奖典礼亦成为国际学术上的盛事。

我们回顾马教授的一生事业与功绩，最后都落到马临先生这个人的身上。他处事一丝不苟，兢兢业业，谨小慎微；他与人交往则和睦谦恭，礼数有加，在他身上展现的是一个古君子的风范。今天马临教授虽然已驾鹤西去，但我要请马夫人、家人和他的朋友不要悲伤，马教授九十三岁的人生是应无遗憾的，他的风范必定长留在中大人、他的朋友、朋友的朋友的心中。

一位卓越的人民人类学／社会学家

——追思费孝通先生

今天我们在这里追思的是一位卓越的中国人类学家、社会学家：费孝通先生。

一

费孝通先生一生做了许多事、许多工作，有多种身份，扮演过多种角色，但从第一义和最终义上讲，费先生是一位学者，是以人类学、社会学为志业的学者。20世纪50年代之前，费先生是中国人类学／社会学奠基与开拓者之一，20世纪80年代后，费先生为中国社会学／人类学的重建尽心尽力，作了最大的贡献，直至他离开人世之日。

费孝通先生一生献身学术，他与他同辈的杰出知识分子一样，都怀抱学术兴邦、知识富民的想法，他走上人类学／社会学之路，正是因兴邦富民的心念所驱动，但这条路并不好走。1957年因政治的原因，竟至道断路绝，冷寂枯滞了整整二十三年，1980年后，费先生已届七十古稀之龄，仍以一颗炙热之心，为重建中国社会学重新上路，行行重行行，无悔无怨。他生命最后的二十年，不只夺回失去的二十年，而且愈加发光发热。中国人类学／社会学固然重展新貌，他个人更是写作不停，写出一篇又一篇与时代相呼吸的大文章，从人类学／社会学的知识视野，为中国的社会发展，为中国的现代化，为全球化时代中国文化的自主自立提供了理性与方向性的思路。这是与他早年学术兴邦、知识富民的心念一以贯之，终始如一的。费先生九十大寿时，他的亲友为他出版的五百五十万字的《费孝通文集》，见证了这位卓越人类学／社会学家一生的心路历程。

二

费孝通先生自称一生中有两次学术生命，他把第一次学术生命从1936年江村调查算起，那也是他负笈英伦师从著名人类学者马林洛斯基的一年。之后，他用太湖东南岸开弦弓村调查资料撰写了《江村经济》一书。这本书费先生说是他无心插下的杨柳，马林洛斯基在书的序言中则赞美它是社会人类学里的里程碑。事实上，此书是人类学离开了对所谓未开化状态的研究，转为对先进文化的研究，也即人类学从研究野蛮人文化到研究人类文明的一个"学术转向"，此所以受到马林洛斯基这样的推誉。而这一个学术转向，也使费先生一生集中于中国农村、中国城市、中国文化的研究，陆续出版了《云南三村》、《乡土中国》、《生育制度》等书，这些著作或是高台讲章，或是散文式的短篇，无不在学术文化界产生深远影响，可说具有现代经典的地位。费先生对中国的社会结构特性的剖析，如"差序格局"之概念，精到深刻，不只为中国人类学／社会学做了奠基开拓的工作，而且也丰富了世界人类学／社会学的内涵。所以费先生停笔沉寂二十年之后，在1980年重新上路之时，国际应用人类学会就颁授给他马林洛斯基奖。英国及爱尔兰皇家人类学会也颁给他赫胥黎纪念奖，这都是国际学术界对费先生在人类学／社会学上所作贡献的承认与推崇。

　　费孝通先生第二次学术生命，是在中国改革开放的新遇会中开始的。当时，他已是七十古稀之年，但他不言老，不言倦，精神抖擞。一方面为社会学的重建，劳心劳力，从学科的设计、教学人才的培育到研究课题的开拓，积极推动，不遗余力；另一方面则展开个人第二次长达二十年的学术之旅。这一次学术之旅，他更扣紧时代的脉搏，更贴近中国社会经济的变化。事实上，费先生这次学术之旅是与中国1978年发端的现代化同时出发的。也因此，他不只在考察研究现代化的事象中构筑自己的学术思想，也以他的人类学／社会学的修养与想象力提供促进现代化，特别是社会经济发展的思维与策略。《小城镇，大问题》便是一例。费先生第二次学术之旅，行行重行行，从研究农村进入小城镇，从小城镇进入中小城市。20世纪末的几年，他还在京九铁路上"穿糖葫芦"，访问京九线上一连串中等城市，希望加大这些城市的发展力度，振兴周边地区经济，从而使整个中部地区腾飞起来。费先生不辞辛劳的学术之旅，讲到底，用他自己的话说是："为祖国的建设出主意、想办法，贡献自己的力量。这是我的心愿，也是我一生的追求"。其实，这正是费先生对自己在20世纪80年代创导的"人民社会学／人类学"的实践。费先生认为人民人类学／社会学"是为人民寻找道路"的人类学／社会学。

费孝通先生学术生命最后的十年中，他关怀最切，所思最多的是全球化问题。全球化使人文世界进入到一个史无前例的大接触、大交融的时代。这就带出国族文化如何自主存在，以及不同文化的人如何在这个经济文化上越来越相关的世界上和平相处的问题。费先生认为这是中国面临的新时代的问题。他提出了"文化自觉"的重要思维，他说这是"表达当前思想界对经济全球化的一种反应"，这也是"当今时代的要求"。费先生的"文化自觉"，一方面，是为了文化自主，"取得一个文化自主权"，"能确定自己的文化方向"，而另一方面，不同文化的人则要有"各美其美，美人之美，美美与共，天下大同"的心态，他心目中一个理想的全球秩序是"多元一体格局"。"多元一体格局"是他对中国文明史进程中发展出来的民族关系现实和理想的一个综括概念。他说"全球化过程中的文化自觉，指的就是世界范围内文化关系的多元一体格局的建立，指的就是在全球范围内实行和确立"和而不同的文化关系"。

三

费孝通先生今年4月已离开人世，我们对他有无比的追思。费先生为中国人类学／社会学的建立与发展，献出了他的一生。他的学术工作不只丰富了世界人类学／社会学的遗产，更为中国的现代化与中国人民的福祉作出了巨大的贡献。费孝通先生，在终极的意义上，是一位抱持学术兴邦、知识富民的信念的卓越的"人民人类学／社会学家"。中国人类学／社会学何幸而有费先生，中国人民何幸而有费先生。费先生走了，我们会感念他，中国人民会感念他。

2005年10月20日

中国的"现代之士"

——悼念黄石华先生

2016年2月8日（猴年初一）清晨，我像往年一样，用电话向黄石华长者拜年。铃声不断，无人接听，心中有些讶异不安，因想到黄老重听，故即写了一纸贺语，传真过去，但依然未有黄老回讯，这是数年来从未有过之事，黄老是一位十分讲究礼数的人。初二我再打电话，仍不见接听，我就致电郭益耀教授，益耀兄沉重地说，黄老已仙逝了。这是我与内子元祯很担忧的事，竟成事实。黄老未别而去，能不痛惜？能不痛怀？诚然，黄石华先生百岁高寿，福德双修，驾鹤仙去，应可无憾。我与黄老最后一次见面是去年11月11日，当日，益耀兄夫妇、郑赤琰兄与我陪黄老到新亚书院看新亚创办人之一的张丕介教授新铸半身铜像。黄老少壮时曾受业于张丕介教授，我看到黄老深情凝视铜像的表情，深感黄老是极重情义之人。的确，黄老对亲人、对友朋，乃至对人间是充满情义的。

我与黄石华在香港初次见面时，他已是年逾古稀之龄，他给我的第一印象是一位纯厚朴实带浓重乡土气的长者。之后，接触多了，认识加深了，越来越觉得石华先生才华内敛，性格坚毅，有识见，有担当，诚以待人，忠于任事，石华先生早年任教国内大学，战乱来港后改行从商，但无论教学或经商，精神气质上始终不脱传统"士"的性格，对国事、天下事总是事事关心，献替唯恐不力。他是中国的"现代之士"。黄老著文建言，在国内或海外，都是切中时需，有前瞻性，如早年在甘肃省泊惠渠督导土地改革实验工作，草拟土地改革法规，扶持自耕农条例；在四川北碚地政实验区及福建龙岩地政实验区工作时，提出土地金融化，奖励移民，利用外资发展经济。20世纪50年代，在新、马、泰经商之时，对马来亚国家建议实行土地改革计划，为华人推行耕者有其田政策，借以安定华人社会。又如在1950年在台湾向"国民大会"提案建议设立高雄工业加工特区之构想，用以促进台湾经贸发展。从这些事例中，我们可看到石华先生有经世之心而且有现代眼光，有兼善天下的思维。当然，大家可看到他是受到伟大客家人孙中山先生思想的启示的。诚然，石华先生一生都服膺中山先生，我从来知道，黄老的父亲黄文是中山先生革命之信徒，惜英年早逝，但他忠烈的革命事迹对石华先生是有深刻影响的。

黄石华先生最为我所知，最为我钦佩的是他领导香港崇正总会的志业。黄石华先生自1968年起担任了香港崇正总会二十二届理事长，之后三十年，他历任香港崇正总会永远名誉会长、会长、理事长多职，在长达三十年的时间，石华先生始终是香港崇正总会的领航人，石华先生对崇正总会是有很大期待的。1971年9月29日崇正大厦落成开幕典礼，亦适逢香港崇正总会成立五十年的金禧之年，同时，亦是首次举行世界客属恳亲代表大会，石华先生当时以理事长身份指出：

本会于1971年9月29日，在张光奎先生亲自领导下，举行五十周年金禧庆典，召开世界首次客属恳亲大会，曾

117

被誉为海外华人团结新里程碑，亦为海外华人洲际联谊之嚆矢，可以说，全球客家人有组织，以香港崇正总会开始，全球客家人有团结，亦以香港崇正总会始。

自1971年以来，黄石华先生便月以继日，年以继月地一步步推动世界各地客家崇正会组织的建立，到1990年终于见到全球客属崇正联合总会的诞生，客家族群七百多年来迁移海内外，在国内闽、赣、粤及海外各地落地生根，现在第一次出现了全球客属的联合组织，这实在是客家人七百年来的大事，意义非凡，无疑，作为全球客属崇正联合总会的主要推手与催生者的黄石华先生，他的这份功德是客家人永怀铭记的。

团结全球客家族群是黄老的一大心愿，黄老另一个心愿是研究与发扬客家文化。黄老曾指出，崇正总会的创始人赖际熙教授是以研究与发扬客家文化为创会职志的。其后，胡文虎先生更以巨资通过崇正总会发动港大罗香林教授从事客家源流的历史研究，罗教授完成的名著《客家源流考》可以说为"客家学"奠定一个坚实基础。黄老把客家文化看成理解"客家"族群的核心，他又从坚实的经验基础上看到承载客家文化的客家族群在今天全球化的世界局势下，固然坚守自己的文化，但在世界各地都能与其他族群互信互重，和谐共存。他指出，罗芳伯在印尼，叶亚来在马来半岛，李光耀在新加坡，都创建了多元族群的和谐社会，我从与黄老数十年合力推动客家研究的政治学者郑赤琰教授口中得知，黄老是想以孙中山先生代表客家人的大同思想来布道天下。诚然，黄老是希望通过客家族群的研究，"为世界族群融洽多添一份宝鉴"。我们知道在黄老的领导推动下，成立了"客家学会"，先后在香港、新加坡、台北连续举办了几次"国际客家研讨会"，与会的学者不只来自两岸三地的大学，亦尽多来自欧美著名学府的精英，可谓老少咸集，猗欤盛哉，客家学甚至成为国内多间大学的研究重点，更且有成立"客家学系"者。当然，学术研究是千秋百代之事，但此正可以为千秋百代永存、自觉地发展的客家族群提供源头活水，黄石华先生对客家族群的贡献可谓深且远矣！

黄石华先生走了，他留给了客家人珍贵的资产，他为人间社会增添了厚重的情义，我们对他有无穷的追思。

大学的世界精神

——为"新亚书院龚雪因先生访问学人计划"之成立而写

一

　　大学的起源，在中西历史上，固然可以追溯至先秦与希腊。但今日我们所熟悉的大学，照雷熙道（H. Rashdall）的研究，是"一个无疑的中古的制度"。提起中古，吾人心目中或立刻会浮现一个"黑暗"的形象，实则中古在黑暗中大有光亮。中古的大学，勃隆那、萨里诺、巴黎、牛津、剑桥、海德堡等等，就是一盏盏千古不灭的学灯。中古大学最具永恒意义的便是它的世界精神，它的超国界的学术性格。一个意大利大学的教师，他可以云游四方，在欧洲任何一个角落之学府的餐台上受到学者的礼遇。主人与访客说共同的语言（拉丁文），跪在同一的十字架前祈祷。他们谈学论道有一共通的知识领域，彼此都熟知亚里斯多德的修辞学、托勒密的天动说。在中古的学人不啻是欧洲大学联邦的成员。那是一个没有国界的大学的星群。

　　中古大学的世界精神，因拉丁文的消失与宗教的分裂而逐渐退却。教条主义与门派思想当道，知识之内涵辄随大学而有异，就哲学而论，即出现"党派路线"，如英国国教派的牛津、离心派的爱丁堡，以及天主教派的维也纳。学术失去了共同的标准，彼此非但难以沟通，抑且往往成为敌对的阵营，大学的世界精神荡然无存。一直到了17、18世纪的科学革命之后，科学思想的客观与普遍性格，一一战胜了教条主义、门派恩怨，才逐渐恢复了欧洲学术的统一性，并且扩展到整个的文明社会。中古大学的超国家的世界精神也获得新的意义与力量，大学始从一个各自为牢的枷锁中突破出来，诚如剑桥艾雪培（E. Ashby）爵士说："牛津的忠诚不再属于英国国教教会，甚至也不仅仅属于英国的学术体系，而是属于整个的从中国到秘鲁的大学的星群。"欧洲的中古已为历史之往迹，但中古大学的世界精神却已成为今日大学最光辉的遗产。

二

中古大学的成长与茁壮，不只因为它们拥有学术中心的声华，更由于当时政治的差异性并没有阻碍学人的云游访问。在人类历史上，我们发现，不同的思潮的撞击，常造成文化学术的灿烂景观。中国的春秋战国，欧洲的文艺复兴，都是众所熟知的例证，而思潮的形成与传播，往往循着学人的迹印而移动。任何一个国家或民族的文化，不论如何丰瞻璀璃，皆不可能是圆满具足、无可增美的。事实上，学人的远游外访，都常常丰富了他自己，也丰富了他邦的文化。伏尔泰1711年英国之游，把牛顿与洛克的思想带回法国；亚当·斯密1765年造访法国，启发了他的名著《国富论》的思想；诗人柯立芝把谢林与康德输入英国；戴斯达（De Stael）夫人把歌德与薛勒引进法国；严复与蔡元培英、德之行，带回了物竞天择的达尔文思想与德国现代大学的精神。诸如此类的学术文化的移植，史不绝书，不胜枚举，而其意义之重大与深远，实不待智者而后喻。

大学是社会的学术文化的要枢，而一间真正配称大学的学府，则莫不把自己置身于世界大学的星群之中，它的大门也必向四海的姊妹大学的学人善意地敞开。东海、南海、西海、北海有学人，若大学的学人能彼此造访，互相攻错，交光互影，则一真正世界性的学人社会当能逐渐出现。此不但可以使整个大学的星群愈加光辉绚丽，而一种世界性的民胞物与的情怀也会生根发芽；大学之为大学，即在其拥有一种学术没有疆界的世界精神。故每个大学的学人都可以像杜尼（J. Donne）一样说："吾涉身于人类之中。"

三

大学的世界精神的孕育与发挥，诚有多途，惟学人之相互访问，则不只为中古大学之传统，亦为极有意义与价值者。通过学人的互访，就访问学人本身言，固然得以在读万卷书之余，行万里路，广阔眼界，亦可与各地学人，交流意见，切磋学问。歌德尝谓："认识你自己，将你自己比之于人。"通过面对面的接触，思想与思想的交换，在在会引发新想法、新意境，而精神上的感通，心灵上的会遇，尤足兴海内知己，天涯比邻之感。此固然能加深世界精神，同时，学人对自己之民族文化，对自己原有之大学，经由反省与比较，尤能激起新的认识、喜爱与承担。至于对一间款待外来学人之学府而言，"有朋自远方来，不亦乐乎？"中国文化自来即有此四海一家之开放精神，而来访的学人，与师生居息一堂，涵泳优游，设能有一相当之时期，聚晤论学，无拘无束，则不只有知识与知识之摩荡，更有人与人间之相契相悦。任何大学，无论其如何伟大，皆无法罗致天下一流学人于一校。邀请世界各地学人之到访，正所以增加大学之力量，可以不断增添新激素、新观念与新理想，从而，虽地居一处，而可以与世界相通相接。世界大学之为一星群，正是此意。

天下一家的真正境界尚渺远难期，但大学之世界精神却是一座无远弗届的桥梁，通过这座桥梁，学术得以彼此沟通，文化得以互相欣赏，学人与学人间更得以增进了解与互重。不能否认，今日我们所处的仍是一个分裂的世界，人间还有无数人为的关卡，最后的跨越，根本的根本，还在于人之整体性的尊严与价值的觉醒与肯定。人之位序的不定，世界一家的理念终难落实。在这里，我想转述一则我读过的故事：

> 一位父亲，颇不耐烦他孩子玩具的噪声，为了要宁静思考，他撕下手上书中的一张地图，弄成无数纸片："孩子，你慢慢把这些纸片拼成地图的原样，再玩你的玩具吧！"想不到，不一会儿，一幅完整的世界地图已经放在眼前。父亲惊讶地问："孩子，你怎会知道世界地图的原样的？""父亲，我不知世界是怎么个模样，但这幅地图的背面是一幅人像，我就是照人像来拼整的。当人回复到人的原样，那么，他背面的世界也就一定回复到世界的原样了。对吗？"

我们相信，学人的互相访问，就是在凸显人，一个个学人的整体性的尊严与价值，而此正是建立世界理性秩序的一条通路。

四

今年9月11日，我去拜会久欲登门致谢的龚雪因先生。龚先生是香港工商界一位声誉卓著的前辈先生。近三年来，他一直默默地支持中文大学的新亚书院，我也只默默地感念他的好意。这次见面，使我有机会跟龚先生谈谈新亚书院的理想与发展。当他知悉我与同仁有一个访问学人计划的构想时，甚感兴趣，并当即表示愿意捐出港币五十万元作基金，以其孳息支持此一永久性之计划。就凭龚雪因先生这种对学术文化的热忱，对大学之世界精神的欣赏，我们的一个"空想"就变成即刻可行的事实了。龚先生说："我虽非富有，但我还有一点能力对教育文化尽些心意，算不了什么！"这是何等的谦冲！何等的襟怀！在龚先生身上我清楚地看到中国文化中的优美品质。

新亚书院的师生对龚雪因先生的慷慨支持，极为感奋，为了对龚先生的情怀表示尊敬，决定将访问学人计划定名为"新亚书院龚雪因先生访问学人计划"（简称"新亚龚氏学人计划"）。无疑地，这个旨在推动学术之世界精神的"新亚龚氏学人计划"将与年前设立、以发扬中国文化传统为目的之"钱宾四先生学术文化讲座"共垂久远，与新亚同寿。

1980年9月20日

卓越之追求

——蔡明裕先生为新亚设立百万美元基金有感

一、大学在现代社会之角色

温士顿·邱吉尔在1929年对布雷士多大学的学生说："教育最重要的事是对知识的渴欲。教育非始于大学，也当然不应该终于大学。"邱吉尔的说法是没有人会反对的，大学只是形式教育中的一个过程、一个阶段；一个对知识有渴欲的人，自幼到老，都在教育之中，邱翁本人就是一个鲜明的例子。不过，在现代社会，大学的重要性已越来越显著。二百七十年前，英儒培根强调知识之力量与实用性的说法，在今天更得到广泛的回响。盖知识对整个社会之运作与发展已占据最关键性的位置。

前加州大学校长克尔（C. Kerr）生动地指出，在社会发展的过程中，火车在19世纪后半期、汽车在20世纪上半期所扮演的重大角色，在20世纪的后半期已由"知识工业"所承担了。诚然，知识工业已成为国家社会成长发展中最重要的资源，而大学则正是知识创造过程的中心。时至今日，大学已不只含蕴纽曼（Newman）的理念，即大学是培育人才的教学场所，也同样包含佛兰斯纳（A. Flexner）所标举的理想，即大学也必须是学术的研究机构。大学的功能已越来越多元化，它与社会的关系也越来越密切，它已成为社会的主要文化源泉，以及知识新疆域的主要开拓者。

二、大学之发展与民间捐赠

现代大学，特别是高品质的大学，往往需要庞大的经费。一个普遍，同时也是很自然的问题是：我们能够付得起发展大学的代价吗？可是，更重要的问题却是：我们能够付得起不发展大学的代价吗？经验告诉我们，举凡文化经济先进的国家，大学教育几乎没有不站在世界先驱的位序的。历史上出现光辉时代的社会，常常有伟大的学府巍然矗立，而今日美国与日本在工业上所以能雄踞当阳称尊的地位，何尝不与它们在大学教育上的巨大投资有关？对有些天然资源缺乏的社会来说，要想在国际上执鞭竞先，争一席位置，尤不能不赖于国民脑力的发展，以开发所谓"人力资源"。一点不夸大，在一个以知识为中心导向的现代世界，大学教育之发展殆已成为各国知识或人力竞赛的主要疆场。

由于大学之昂贵以及其对国家社会的无比重要性，在世界绝大多数社会，几乎都是由国家来担承发展大学的主要或唯一的责任。诚然，由于大学支出之庞大，即使久享盛誉、富甲一方的私立大学，如英国之牛津、剑桥，美国的哈佛、耶鲁等亦不能不渐渐接受政府之支援。

不过，同时我们也要指出一个现象，即今日在大学教育中居最领先地位的美国，在其千百间大学中，属于享有声望的"美国大学协会"（Association of American Universities）会员的五十所大学，一半为公立，一半为私立。而值得注意的是，这五十所大学则没有例外地，都需倚赖民间的资助以维护其优势位置。换言之，它们都必须凭借可观的私人捐款以推动或加强特殊的学术计划，用以达到真正卓越不群的地位。民间私人的捐赠，有时用来对既有的计划作质的加强，但主要的却是用来支持新的、原创性的、特殊性的或试验性的活动。因此，尽管私人捐款在大学经费中的比重越来越轻，但它却常能使一个好但又不够好的大学跨进卓越的境界。

三、基金会与大学

大学接受私人的捐赠，或可说自有大学以来即已有了的，但民间的捐赠对大学教育发生深刻而巨大影响的则是私人基金会出现以后的事。说到基金会与大学之关系，恐怕要数美国最足范式。论者以为1829年史密松（James Smithson）捐赠哈佛大学五十万美元一事象征了现代基金会时代的开端。

百余年来，美国基金会与美国教育的发展双轨并行，密不可分，而最近半个世纪中，基金会对于大学教育之支援与承担，可说与日俱增，其中扮演积极角色者如：The Carnegie Foundation for the Advancement of Teaching, The Carnegie Corporation, The Rockefeller Foundation, The General Education Fund, The Milbank and Commonwealth Funds, Russell Sage Foundation, 等等，不一而足。这些基金会对高等教育固然有理想，有热情，但如何化热情为力量，如何转理想为实际，如何使基金的使用发生最大的效果，则不是一件简单的事。教育的发展需要钱，但单单钱却不能使教育自动地发展。因此，基金会曾尝试各种运用的方式，以求找到一个满意的途径。

一度担任极具影响力的加奈基金会主席的凯柏（F. P. Kappel）曾经指出，基金会与大学之关系有如家庭，而最能实践基金会理想的途径是让大学担任基金的运用机构。他从经验中了解到这是基金运用上最令人满意的方法。诚然，大学是一学人的团体，从知识与教育的发展需要上说，大学本身自然较有权威性的判断。因此，基金会的类别虽然众多，但大都采取凯柏的观点，即基金会与大学在彼此了解合作的基础上，由大学担承运筹擘划之责。

在美国，基金会对大学的支持已有百余年的历史，为大学的发展提供了辉煌的贡献。一般言之，在20世纪初叶，美国大学或学院尚在草创阶段，学术水平参差不齐。因此，老牌基金会，如Carnegie Foundation，General Education Fund等，对于大专院校师资的提高、课程的改善、教师之福利，无不慷慨地给予全面性的鼓励与支持。其发挥的作用之大不啻其他国家政府的教育机构所为。但20世纪20年代之后，美国的高等教育已进入另一阶段，大学在质量上均有增进，大学之多、经费之大，均非基金会所能全面负担。因而，基金会乃将其目标作了有意识的修正与限制，在观念与做法上有了新的取向，即基金会只将其资源战略性地用作支持大学新知识的探索、新教育法的试验，以及重要学术文化计划的推动。换言之，它们将资源选择性地用来支持大学新的、具有特殊意义的计划与活动。显然，基金会这个战略性的新取向是明智的。事实上，半个多世纪以来，基金会的资源对美国大学的发展发挥了最佳的边际性效果。今日美国大学在高等教育上执世界牛耳之地位，未始不可说是拜基金会之赐，而美国许多大学之所以成绩斐然、声誉卓绝，实与基金会之支持与合作脱不了关系。

四、大学与书院的有机关系

新亚书院1949年创立于香港。新亚的诞生孕育了钱宾四先生等几个书生伟大的文化理念，亦即为中国文化继绝学，开新命；而她取名新亚，实含有建设和期待一个新的亚洲文化的雄心大愿。新亚诞生于忧患之际，但她的文化理念与教育精神一开始即得到海内外的赞赏与回响。

三十余年来，先后有商界王岳峰先生、亚洲协会、哈佛燕京社、雅礼协会等的支持，使新亚在艰困中不断成长，而雅礼协会的合作，在新亚发展史上尤其扮演了重要的角色。1963年，新亚书院被邀与崇基、联合书院合组为香港中文大学，乃进入了一新的阶段，从此新亚的文化理念更在一长远而坚固的学术结构中生根。

新亚书院成为中文大学有机体的一个部分后，她与大学结为一体。但新亚有其特殊的历史传统，有其特殊的文化面貌，她与姊妹书院崇基、联合在大学整体的发展中，同中存异，各自发展不同性格的计划，书院多元的取向与努力，显然有助于中大全面的发展。佛兰斯纳曾探寻牛津、剑桥成功的神秘之钥，他发现两间大学中书院林立，各具面目：培立奥（Balliol）自是培立奥，麦德兰（Magdalen）自是麦德兰，三一（Trinity）就是三一，基斯（Caius）就是基斯，不同书院间彼此友好的竞赛与观摩正激发了学术知识多彩多姿的卓越表现。

中文大学自始以建立卓越的境界自相期许，新亚为中大之一分子，创办以来，亦莫不以卓越之追求为目标。钱宾四先生在一无凭借，颠沛困顿之际，且有拿五百年的时间和耶鲁大学竞赛的豪语。新亚的后之来者，自亦不甘自弃；"路遥遥，无止境"的校歌，正激励了新亚人向上向前的毅力与勇气。但我们深知，要使新亚理想落实，要使新亚成为卓越的书院，不能不从推动学术文化具体远大的计划着手。

非常幸运，新亚董事会的许多贤达，对新亚的发展一直予以真挚关切的扶持，而社会上像龚雪因先生等更慷慨捐输，使新亚近年能建立"钱宾四先生学术文化讲座"和"龚雪因先生访问学人计划"等，这些计划对于书院的学术文化气候，皆有大助，且已受到海内外的注目与重视。当然，今天中文大学的新亚，在经济上有政府经常性的资助，可说早已享有"免于匮乏的自由"，而学术素质亦有一定的水准，但，我们离卓越的境界仍属遥远，新亚今天最需要的是学术文化基金，用以继续推展多项的特殊性的学术文化计划，俾新亚能渐次地步向卓越。

五、卓越之追求

1980年夏，我应邀到日本筑波大学出席人类价值观的国际会议。以久闻蔡明裕先生从事国际金融事业，声名卓绝，享誉东瀛，且又热心文化教育事业，不遗余力，故极思趁此机会拜访一见，以解慕渴。蔡先生闻悉后，竟不辞劳远，从东京驱车赴筑波接迎，往返费时六小时有多，其谦抑礼让之精神，令人感动。

当晚在东京，我与蔡先生有一次极愉快的谈话，虽然素昧平生，但一见如故。这次谈话，予我印象深刻难忘者，是他对学术文化的广泛兴趣与严肃态度，而最令人鼓舞的则是他对我一些学术教育的构想和设立新亚书院基金的想法的积极反应。返港后，我即根据当时提出的构想，并咨询了院内同仁，草拟了一份具体的计划书，寄去日本。去岁末，蔡先生到美国、瑞士、卢森堡等地视察他属下的国际金融业务，香港也是其中一站。他一抵香港即邀我晤面，并向我表示："赚钱或许不易，但用钱则更难，我看过你的计划，非常赞成，我已准备不久在香港成立明裕文化基金会，本诸取之社会，用之社会的原则，我决定捐出美金一百万，作为基金，每年以其孳息赞助推动新亚书院的学术文化计划。"

蔡明裕先生是国际商业界的一位卓越之士，而在学术文化事业上，他的贡献也一样卓越不群。早在二十年前，他就在台北与东京两地设立"明裕文化基金"，资助推展教育与文化事业，同时，在日本还设立"明裕国际图书馆"，广集专门图书资料，供学人学子使用，设想新颖，用意深远，素为学术教育界所称道。现在，他又在香港设立"明裕文化基金"，并对新亚鼎力支持，显示他对学术文化的热心与关怀，不限于一国一地，而是国际性的。诚然，学术是没有国界的，大学之为大学即具有一种世界的精神。蔡先生对学术文化，特别是对大学的支持，正是他的企业之国际化精神在文化学术上的另一种表现。

新亚书院三十三年来，得道多助，增长不息，现在，蔡先生为新亚书院设立一百万美元的基金，将使新亚在现有的基础上，更有可能从事多项的学术文化计划，更有机会向卓越之境趋进。在"卓越之追求"的历程中，蔡明裕先生将受到新亚人衷心的感念。

1982年3月

卓然成家的现代一儒者
——悼念刘述先教授

今年7月3日，我在出席"中央研究院"学术咨询总会会议时，见到来自北京大学的杜维明教授。从他口中惊悉刘述先教授离世的消息。维明也是到台北后获知的，显然他为述先这位当代新儒学同道的去世感到震惊而伤痛。咨询会结束后，我即电香港的元祯。元祯随即去电台北的刘安云嫂夫人问候。我与元祯自述先夫妇1999年离港去台后就很少见面了，但他夫妇常在我们念想之中。

刘述先的名字，我早年在台湾时就闻知了，而我们的结识则缘于20世纪70年代我们都从美国到了香港中文大学的新亚书院。我们成为无事不谈的同事是我在1977年担任新亚书院院长，而他则从南伊大到新亚任教（尤其是1981年他自南伊大辞职，正式来新亚任职）之后的事。述先兄对我于任院长之初即成立之"钱宾四先生学术文化讲座"和"龚雪因访问学人计划"最为热心积极支持。通过这些计划，世界上对中国文化有卓越贡献的学人，以及长期与外界隔绝的大陆学人，都陆续来新亚讲学、访问，并与新亚同仁切磋琢磨，把杯论学。在我任院长期间，记忆所及，先后来新亚主持讲座的有钱宾四、李约瑟、小川环树、狄培理（今年唐奖／汉学得奖人）、朱光潜、杨联陞诸先生（我亲笔写信邀请杨老为讲座主讲后，就去了德国海德堡访学，之后，杨老由我的继任者林聪标院长安排一切）。龚氏访问学人中则有钱伟长、王利器、贺麟、唐有祺、程十发、何佑森、张立文等学者名士。述先兄说："新亚在海内外学术交流扮演了一个前瞻性的特别角色是无可置疑的，我们得以躬逢其盛，也是与有荣焉。"事实上，述先兄本人就是新亚学术交流中的有力推手。当年，新亚每月有一个"文化聚谈"，每次聚谈都有一位主讲嘉宾，嘉宾中大不乏文化学术领域中的翘楚，如诺贝尔物理学奖得主杨振宁、武侠小说大家金庸、诗坛桂冠余光中等。"文化聚谈"有美酒（但必非价之贵者），有佳肴（云起轩员工的手艺），参与者（自付餐费）非常踊跃，有新亚同仁，有同仁家人、同仁朋友。述先兄几乎是无次不与，并且无一次不是不吝发言。述先博识多才，不论科学、文学、艺术、政治都有他一番不寻常的见地。许多朋友说，他们最爱听我每次介绍嘉宾的短篇言词。事实上，"文化聚谈"之所以有吸引力，当归功于嘉宾的言谈风采，而"文化聚谈"有述先兄这样的与谈者，自然常有妙思隽语，满座皆欢，"文化聚谈"也自然不可能不是一次次的文化飨宴。我今日写纪念述先的文章，当年新亚的人和事都一一再现我的眼前。当然，我记忆最新的是2005年刘述先教授应黄乃正院长之邀，自台返港主持"钱宾四先生学术文化讲座"。述先兄离港六年，是次归来，是"新亚人"重回新亚，我们垂老之年再逢，特别感到亲切、可贵。难得的是，述先清瘦依旧，而精神奕奕亦依旧。他的"论儒学的三个大时代"的三讲长篇，无疑是他晚年一部杰出的大著作。我必须指出，述先在新亚发表这个儒学长篇是有特殊意义的，这不但说明新亚乃当代儒学重镇，而述先夫子自道，自我定位是现代新儒学第二代大师唐、牟、徐之后一代（即第三代）的代表人物之一，表达了对新儒学学统的承继与发展是他一生志业之所在。

刘述先先生在台湾大学时代，受哲学家方东美先生之激发，醉心于东西文化哲学，并已发表文章。他意识到今日的新时代需要新的哲学。他一生的论述，特别着眼于儒学的"世界性"及儒学的"现代"意义。他在美国南伊大从求学到教学，开始用英文阐释中国哲学。20世纪七八十年代应聘到香港中文大学后，更进一步对中国哲学，特别是新儒学之本源、定性定位等问题作深入的探索，很显然地，述先在与前辈学人徐复观、唐君毅、牟宗三诸先生之交往问学中，得益殊多。郑宗义教授在讲述刘述先的学思过程时说，述先是"以一种默识的方式存放在脑海中。积蓄、酝酿、发酵的结果是等待让它成熟释放的机缘"。述先在大学时代有一早熟现象，他自己说有"眼高于顶"的狂妄，但大学后近六十年来，他的学问是转益多师，持续地吸收、积累与成长的。他自己说："垂老反而清楚地了解自己的成就有限，限制极大。"正因这一份自省的谦抑，述先的学问才能刚健不息，不断精进。1982年发表的《朱子哲学思想的发展与完成》便是成熟的一家言。记得此书出版时，徐复观先生对我说，述先处理中国哲学思想的大问题，给他有一种"举重若轻"之感。

刘述先教授才情充沛，灵根厚植，数十年来，精进不懈，著述（中、英文）宏富，对中国文化高远理想之追求，锲而不舍，死而后已。

今天我们在这里追念的不只是一位中大的好同事，一位杰出的"新亚人"，也是一位卓然成家的现代儒者。

2016年

一股特有的精神气
——悼念孙国栋先生

6月26日，孙国栋先生在睡梦中安详辞世。我听到了这个不想听到的消息，伤感之余，还是为这位患病逾年、九十一高龄的老新亚人的解脱感到宽慰，并默默祝他走好。孙先生自爱妻何冰姿女士仙去后，于2005年自美回港并在山岩岩、海深深，他怀有深情厚谊的新亚书院度过了最后八年。

我总觉得，孙国栋先生是一个很有"精神气"的人，且这般精神气贯通于讲学和文章之中。追源溯始，原来孙先生一向景仰宋代爱国词人辛弃疾，并以"慕稼"为字号。在他二十二岁就读于政治大学时，为了响应"十万青年十万军"的号召，投笔从戎，曾参与缅甸之战，深受孙立人将军赏识。我想孙慕稼先生如果一直留在军中，他一定会成为一位辛稼轩所说"金戈铁马，气吞万里如虎"的杰出的爱国将军。

抗战后，孙先生退伍复学。1955年，他以三十三岁之龄报读新创的新亚研究所，师从钱穆先生，走上治史之路。孙先生在初创的新亚研究所，不但有幸得到钱穆先生指点教诲，还有机会向牟润孙、严耕望、全汉升等著名学者问学，所以在短短几年中识见与学养都大有精进。他发表的唐史研究论文，很受史学界的肯定与推崇，也无疑奠定了他唐史研究的地位。孙国栋先生不但治史有成，时论文章，亦掷地有声，气定神发，对中国历史文化充满温情与敬意，尽显钱门风范。新亚研究所毕业后，他在教学与行政上都表现出色，先后出任新亚书院文学院院长、新亚研究所所长，以及中文大学新亚书院历史系系主任，可说育才无数。孙先生为香港中文大学及新亚书院服务达二十六年，贡献不可谓不大，孙先生是新亚人可以引以为荣的新亚人。

我与孙国栋先生在中大、新亚共事近二十年。我任新亚院长时，受孙先生加持甚多。但我们在港时，交谈多属学校事，我最难忘的是1975年在剑桥大学与1993年在加州大学柏克莱分校与孙先生及孙夫人何冰姿女士的愉快交往。在异国异乡，倍感亲切，我们无所不谈，我特别欣赏孙先生流露出他史学家之外的那份文学情怀。我现在写此悼文，不禁想起孙先生那时自在自乐的心境，也让我想起他心仪的辛稼轩词句："我见青山多妩媚，料青山见我应如是。"

在剑桥与柏克莱那两次与慕稼兄嫂在异乡的往事，内子陶元祯与我时不时油然地会说起。是的，元祯与我特别记得剑桥时孙先生与孙夫人还带着他们可爱聪明的小女儿，这个可爱的小女儿早已做母亲了。

孙国栋先生以九十一高龄在新亚山巅安详地离去是一生美好的句点。他的一生是充实而有意义的，他留给我们很多难忘的记忆。孙先生，请走好！在九天之上，祝您与夫人何冰姿欢愉重聚。

2013年7月

致爱华女史信
——悼怀林端教授

爱华女史：

　　4月20日我在台湾参加一个会议，会中遇黄光国教授，从他口中惊悉林端教授已于月前离世，我闻知后震惊、痛惜不止。林端正值盛年，在学术上正显光热，而他竟猝然离我们而远去，这实在令人难以置信，难以接受啊！

　　你与林端鹣鲽情深，是夫妻，也是同道，年前你与林端来港对我作专业性访谈，我深深被二位的治学精神所感动，对二位心气相投，相敬如宾的恩爱尤为欣赏。如今，林端已仙去，人天永隔，牵手难再！你的失偶之痛，什么慰藉的话都是无力苍白的，我只想你知道，任何有缘识得林端的人都会怀念他，都会为失去这样一位有品德、有才学的朋友感到深深的痛惜，也都会希望林端最亲最爱的妻子爱华能挺过这一次的人生大变，能继续勇敢地面对生活，面对明天，我们都相信这是在天那一边的林端所最期求的。

　　两周前，我还请香港牛津大学出版社为我寄给林端与你我最近四册增订版的书。我是寄到台湾大学社会科学院的。此外，我在前些日子写了两幅字，是写给林端与你的，我现在也随此信寄上。最后，我要对你与林端花了极大精神写的两篇评论我学术著作的文章，表示衷心的感谢，林端与你是我学术上的知音。

珍重，珍重！

金耀基

附记：

林端博士20世纪90年代自德学成返台，在台湾大学社会科学院社会学系执教，离世前他是社会学系教授兼社会科学院副院长。林教授返台后曾于中、德两地学术刊物上发表多篇论文，皆是法律社会学上甚有分量与见地的论述。林教授与妻爱华女士对我个人的著作相当熟悉，并深感兴趣，林端第一次与我见面是在海德堡大学韦伯学权威施洛赫德（Wolfgang Schluchter）教授主持的"Max Weber and the Modernration of China"的国际学术研讨会（1990年7月在德国Bad Homburg）上。林端表示他对我当时发表的论文"Max Weber and the question of Development of the Modern State in China"印象深刻，并告诉我他在台大读书时已读过我1966年出版的《从传统到现代》一书，林端教授回台后与爱华女史一直用心搜集我几十年来发表在各处的著作（包括学术的专著与论文，文化、政治评论以及文学性的散文），他俩表示要写一部研究我的专书。21世纪初始几年中，林端、爱华夫妻曾两度从台湾来港对我作长时访谈，后来二位分别写了一篇对我著作的讨论文章，诚然，我对林端、爱华是有知音之感的。2013年4月我赴台开会，黄光国教授告诉我林端教授猝然去世的消息，我的震惊与痛惜是非言语所可表达的。我曾试图与爱华女史联系不果，回港后我即写了此信给她。近日，我翻检书箧，赫然见到我当年写给爱华女史一信的原稿（平时我很少留有信函原稿的），顿时又引起了我对林端教授的深长怀念，并决定将此信收入《有缘有幸同斯世》书中，以表我对这位英年去世的学术知音之情谊。

耀基志

2017年8月9日

一位有侠义之气的朋友
——悼念郭俊沂先生

　　郭俊沂先生是我认识的最有侠义之气的朋友，他长期在培正中学任教，育人无数。俊沂兄重然诺，喜交友，不迷杯中物，但乐以杯酒谈天说地。三杯下肚，诗文朗朗，脱口而出。兴起时则歌之舞之，足之蹈之，一派天然，盖性情中人也。

　　我与俊沂结交是20世纪80年代同筹"炉峰学会"之时，当其时也，大陆与台湾仍是大海遥隔，关山难渡。炉峰学会旨在以香港为桥，为两岸三地学者搭建一座沟通交流的平台。学会之事，如筹款、安排会议、论文出版等颇为繁重，而重担即落在俊沂身上。无疑他是一位最肯出力最有实干本事的共事者。其后大陆与台湾"三通"既开，两岸三地学术界之交往已是等闲平常之事，"炉峰学会"成立之目的既已遂达，也就功成身退，欣然结束。越数年，俊沂有创设"炉峰雅聚"之构思，我然其意，并乐于担任"雅聚"主人之一。但俊沂兄始终是台上、台下总揽一切的主持人。蒋震先生称他为"出色的活动家"，非虚语也。

　　一年数次的炉峰雅聚办得有声有色，一次次的雅聚成为一次次香江的文化飨宴。俊沂人缘好，人脉广，香港各界的贤达精英，为雅聚座上客者，所在多有。我是雅聚的主人，除了每次讲讲话，也只依俊沂之意，以自写的书法答谢工商界达人名士一次次资助的数十台的佳肴美酒。经由"炉峰雅聚"我认识到，香港一地，实多藏龙卧虎也。

约三年前，俊沂兄的健康出现了警号，我就主张"炉峰雅聚"暂不举办，待他健康复原时再续前之盛事。不意年复一年，俊沂身体每况愈下，在俊沂患病期间，陈兴兄不时与他有晤，且曾数度强送他进医院急诊。近日陈兴兄表示俊沂情况不妙，我闻之每恻然伤感。我是逾八之人，对老年朋友的俊沂病情已不感乐观，但总望他有转好之日，不意今年11月18日，俊沂兄竟静悄悄驾鹤仙去矣。呜呼，俊沂兄去了，世间又少一位可以把酒言欢之友，惜哉痛哉！呜呼，俊沂兄去了，"炉峰雅聚"已成绝响，香江的文化飨宴将难得再有矣。我对郭俊沂先生这位最有侠义之气的老朋友，深深怀念。

2016年

活出了生命的境界
——追思逯耀东教授

　　逯耀东教授于今年2月14日在高雄逝世，我是第二天从香港报章上知道的，他在台湾的朋友和学生都深感哀念和惋惜。逯教授的夫人李戎子于3月10日在台北第二殡仪馆举行了家祭和公祭。今天他在港的朋友与学生在香港中文大学新亚书院为他举行追思纪念，逯耀东教授与香港，特别是新亚书院，有一段重要的学缘。他在新亚读过书，也教过书，前后逾二十年，新亚在他生命史中占了近三分之一的时间。1957年他从台湾大学历史学系毕业，1961年他考入新亚研究所，拜在牟润孙先生门下，并有机会亲炙钱穆、严耕望诸位史学大师，以《拓跋氏与中原士族的婚姻关系》得硕士学位。毕业后留任助理研究员，继续深研。1968年回台北，转入台大历史系博士班，在沈刚伯、李玄伯、姚从吾三位先生指导下完成博士论文《魏晋史学的特色——以杂传为范围所作的分析》，成为台大历史系博士班第一届文学博士。1977年，逯耀东先生再到香港，受香港中文大学之聘，入新亚书院任教，直至1991年退休返台，再在台湾大学历史系开始了为时七年的教学生涯。逯教授在港执教十四年，许多学生都卓然成才，有的跟随逯教授之后，更成为新一辈的历史学者。

我与逯耀东教授早识于台大读书时，但与耀东兄有机会共事，有机会品尝到他亲自烹饪的美食，则是他在新亚期间。在这段日子里，有感于"文化大革命"对中国文化的摧残，他还在教学之余，办了《中国人》月刊，就是为了张扬中国文化，为中国文化立命，争命。刘述先教授与我都曾为《中国人》写过文章。而耀东兄所发表对史学的深刻反思与批判的文字，之后出版为《史学危机的呼声》一书。

逯耀东先生是一位史学家，他读的是历史，教的是历史，一生撰述不辍的也是史学的论著。许多人都知道他在魏晋南北朝的研究上有杰出的成绩，其实，他的学术兴趣与关怀很多，在史学的好几个领域都有探索、钻研，并且有不少发前人所未发的识见，有开拓史学新视野与新阵地的贡献。他是第一位把"中国饮食史"带进大学殿堂的人。逯先生的弟子黄清连教授对逯先生在史学上的成就有很详尽深入的讨论。黄教授说："从学术领域来说，他的主要研究在中国史学和中国文化。在史学方面，特别专注于魏晋史学与近代史学，近年更拓展至两汉史学的研究。在文化方面，除早年注意胡汉文化异同，近年则留心于饮食文化问题。"

我在这里特别要提出的是，逯耀东先生除了史学上有功夫，他还是一位文章高手，他是史学与文学并秀，两方面都散发了他的笔墨才华。他的两本中国饮食文化散记《肚大能容》、《寒夜客来》，是史学，也是文学，今天在大江南北都广泛流传了。逯耀东先生自称"懒散"，其实"散"或有之，"懒"则未必。他在两岸三地品尝地方小吃，脚头之勤，在我朋友中未之有也，而他著述之勤，单看他出版的上百万字的书稿就知道了。从1998年起，台北东大图书公司陆续刊布了他的史稿与文稿，已出版的有《糊涂斋史学论稿》四种、《糊涂斋文稿》五种。"糊涂斋"是耀东兄的书房，它之取名"糊涂斋"当然是因为他喜欢郑板桥"难得糊涂"的境界。他之留"糊涂"去"难得"，则是因他的夫人李戎子说他"难得糊涂？还难得糊涂？你几时清楚过？"这一来，耀东兄就说："那么，抹去难得，剩下糊涂如何？"我看，耀东兄小事或有"难得糊涂"之时，大事就从不糊涂。

逯耀东先生是江苏人，但他粗犷豪迈、洒脱不拘，更像是燕赵北国的汉子。他写的散文，《过客》、《对弈》、《买剑》、《解剑》、《集市》一连串的"那汉子"，十之八九都是他自己的写照。"那汉子似侠非侠，似儒非儒，似隐非隐"（耀东自况），不论"卖剑"、"解剑"都活出了生命的境界。

逯耀东先生走了，古人云"人生七十古来稀"，但就今天来说，七十是"古稀今不稀之年"，耀东兄七十五岁就走了，实在走得早了些。不过，人活一世，不在活的长短，而在是否活出境界，有境界就有意思，就精彩。逯耀东先生做学问、写散文都讲境界，就连饮食也讲境界。他的一生活出了生命的境界。他走了，但我们忘不了亦侠非侠，亦儒非儒，亦隐非隐的"那汉子"的身影。

2006年

有幸与君同斯世

——敬悼李院士亦园大兄

得悉李亦园先生离世的消息时，我不只感到哀伤，更感到有些自哀。钱穆先生说过："朋友的死亡，不是他的死亡，而是我的死亡。因为朋友的意趣形象仍活在我的心中，即是他并未死去，而我在他心中的意趣形象却消失了，等于我已死去一分。"说得多么真切呀！亦园兄走了，但他的言行面貌却涌现在我眼前，他没有死去，他活在我心中，活在他的朋友心中。

亦园大兄长我五岁，可算是同辈之人，但我读到《文化与行为》等著作时，他已在台湾大学教书，而我刚第一次留美（1965）返台。我于1966年出版阐论中国现代化的《从传统到现代》就不止一次引用了他的论点。李亦园先生是李济之、董作宾、凌纯声等前辈学者之后，在台湾的人类学与民族学上承先启后的主要学者。李亦园先生除短期赴哈佛大学进修外，整个学术生命都在台湾。他勤于治学，钻研不懈，不只田野工作做得出色，理论性普及化书写也一样出色，而教学上更受青年学子的爱戴，数十年来，他在"中央研究院"民族所、台湾大学人类学系以及清华大学人文社会研究所精心经营，成绩斐然，培植了多位今日在台湾的人类学上掌旗的领事人物。

近半个世纪里，亦园兄在台湾，我在香港，20世纪70年代至80年代初，台港两地，绝少交流，但亦园兄与我在学术志趣上有不少交集，彼此心中可谓相知相重。亦园兄主持"中央研究院"民族所时，我被邀担任所外学术咨询委员，我欣然从命，亦因此开启了70年代后我与台湾学术界的交往。及今回忆，我与"中央研究院"之结缘也是在那个时候，更记得1994年我当选为"中央研究院"院士，而提名我为院士候选人的正是李亦园与许倬云、余英时几位我素所敬重的学人。

我与亦园兄自70年代交往以来，都是在开会时才碰面，几乎没有私交可言（这是我今天颇感遗憾的）。我与他在80年代中期后，开会定期见面的机会更增加了。自1978年大陆改革开放后，两岸三地的社会科学界都有建立、促进交流合作的强烈意愿。几经磋商周旋，大约在80年代中就有了一个以"中国文化与现代化"研讨会为平台的三地社科界交流、合作的机制。每两年，三地轮流举办"中国文化与现代化"的研讨会，每次会议均有一专题（如家庭、农村经济发展、城市化等）。香港有乔健、李沛良和我为召集人，大陆有费孝通、马戎、潘乃谷为召集人，台湾则有李亦园、杨国枢为召集人。费孝通先生当时已是逾古稀之年的学者，但精神矍铄，思维清晰，每次研讨会他都出席，并提出认真、充实而有新见的论文。李亦园兄与这位同行前辈最为投契，二人亦是相知无隔。每次研讨会参与者都有三十到五十之数，可谓群贤毕至，少长咸集。我与亦园兄属中生代，有许多共同语言，但我们所谈无不是有关社会科学在两岸三地发展之事。诚然，我们偶尔亦会谈到学界内外的人与事。在我印象中，他对前辈与后辈尽多宽厚、宽容与赞许之词，对同辈亦多不吝啬的推美，至于对有些不堪（不是全无学问或才华）之人，则往往止于摇头、叹气。我对亦园兄之心量、判识与人生境界是很有所体会的。

从90年代开始，我与李亦园先生在1989年成立的"蒋经国国际学术交流基金会"每年又有两次定期共同议事的机缘。我先是基金会的学术咨议委员，后期是基金会的董事。李亦园兄是基金会的创始人之一，也是基金会第一任执行长，多年后他继李国鼎、俞国华之后被推选为基金会董事长，他主持基金会长达二十年之久。"蒋经国国际学术交流基金会"是台湾第一个面向国际的学术交流基金会，由政府与民间共同捐资成立。基金会旨在奖助世界各国学术机构与学者进行有关中华文化、华人社会与台湾发展经验之人文及社会科学研究，并促进国内外学术机构交流合作。基金会成立迄今，申请奖助之机构与学者，数以千计，地区遍及五大洲，国内外逾百所世界著名大学或研究机构（国外如哈佛、耶鲁、普林斯顿、史坦福、芝加哥、柏克莱、牛津、剑桥；国内如"中央研究院"、台大、政大、台湾清华等）皆在其列。基金会之核心审议工作分由国内、美国、欧洲、亚太及新兴五个"咨议委员会"负责，五个咨议委员会由国内外逾百位人文及社科学者组成。审议工作者皆以学术为标准，客观、严谨而具公信力。"蒋经国国际学术交流基金会"久已享有世界性的口碑与声誉。基金会之有如此成就，固然是基金会成员整体的努力所致，但亦园兄付出最多，贡献亦最多，这是亦园兄书生事业的另一成功展现。他做事与他做人一样，认真、公正、有为有守、有度有节。我参与基金会与亦园兄共事多年，是我一生中难忘的愉快经验。

2010年，李亦园先生因健康原因，决定让贤，辞去了基金会董事长之职，自此，我每次从香港到台湾开会，就难得与亦园兄见面了，即使在两年一次的"中研院"院士会议中，也不见他的身影了。年前，在院士会议之后，我与芝加哥大学的刁锦寰院士到亦园兄寓所探望他，他讲话慢了，体态也弱了，可是思维仍还清明，当然，我已看不到他以前那股精气神了，但我决然不觉得他已走近人生的尽头。今天，亦园兄毕竟是走了，我真感到无奈。

此生此世，我在这个世界已活了八十年有多了。八十多年中凡与我同生斯世的人不能不说是"有缘"的，但有缘却也是有"幸"与"不幸"之分。一种人，我是深感"有缘有幸同斯世"的，另一种人（还好是少之又少），我却感到"有缘不幸同斯世"。李亦园先生不只与我"同斯世"，还是属于同一世代的，我与亦园兄结识半个世纪，我十分珍念我们五十年的相知相重淡交如水的情义，我要对亦园大兄说："有幸与君同斯世"。

2017年

附录
殷海光遗著《中国文化的展望》我评

我看到殷海光先生这本书的时候，非常惊讶，因为我一直以为他是对中国文化不存好感的，没有兴趣的。在我开卷之前，我又以为在这里面一定可以看到"全盘西化"式的大主张了。但是，我的猜想错了，并且错得很厉害。他在这本书里所表现出来的态度已完全淘洗了他过去的偏执。不错，他对中国文化的批评还是很严厉的，但隐藏在严厉背后的动机不是"破"而是"立"。从他的字里行间，已不难嗅到他在企图拥抱中国文化生命情调的高贵质素，已不难看到一份由长期冷寂中孕育出来的超越的清明心态。他给我的印象是，他已战胜了他自己。这本书可以说是他学术兴趣上的一个大转变，是他思想心态上的一个大突破，我们甚至可以说是他对中国文化问题的研究的"起飞"，毫无疑问，以他的好思与智慧，他将在不断战胜自己的过程中，由"起飞"而"推向成熟"。事实上，当他看到我的这篇书评时，他就表示当此书甫告出版之际，他已不感满意，而有改写的计划了。可惜，像一切悲剧的故事一样，他竟在学术上正可开花结果的时候无可奈何地离开了这个"恨由爱生"的社会，我相信他是带着无比遗憾的心情离去的，我更相信他在走向藐远的世界的当儿一定频频回首，一定原谅了这个有负于他的社会，因为在他最后的时日里，他已高傲得只跟自己为敌了，而他也已战胜了他自己。

五年前当我写《中国文化的展望》的书评时，这还是他的"新"著，而现在却已成为他的"遗"著了。抚书念人，怆凉无语。我对此书的看法已见之于此书评，现在也不想有所增删。我在此只想加一句话。不管此书将来的评价如何，它将永远是一个见证：一个伟大中国知识分子追求中国现代化的学术良心与道德勇气！

耀基志于1971年1月

一、几句先想说的话

中国文化几千年来，在本土一直都没有引起过什么疑问，更没有激起过什么论争，这是因为中国文化像空气一般不自觉地存在着，而每一个生存在这个文化气候里的人，都多多少少是受这个文化所熏染，所塑造的，总之，人类学者、社会学者告诉我们人都是为文化所制限的。因此，在这个文化自身没有发生问题之前，人众不易自觉地对这个文化产生疑问，更不会引起争论。因为一个文化所塑造、所限制的东西，不可能，至少绝难超过这个文化本身。

但是，中国文化在历史上却产生过两次疑问，激起过两次论争，一次是隋代（可以追溯到汉代）印度佛学传入后引起的，另一次则是清末（虽然可以追溯到明代）西方思想东来后引起的，这是什么道理呢？简言之，因为中国本土文化遭遇到外来文化的"冲击"，中国文化的价值系统遭受了被强迫转变的压力，因此本土文化里的人众，就会很自然地对自己的文化产生疑问，而当两个不同价值取向的文化碰头的时候，它们的优点与弱点就会同时或多或少地陈露出来，这样，本土文化里的人众，也就会很自然地激起一个文化"谁优谁劣"的论争来。印度佛学的传入，虽然会引起论争，但由于佛学思想与中国本土文化（包括黄老、儒墨等）的冲突层面不大，这两个文化也就在没有太多破坏性的结果下调适了，中国文化可以说很成功地借取、选择了佛学的思想，将其纳入了中国文化的架构里去，因此，用汤恩比（A. Toynbee）的"挑战—回应的型模"来说，中国文化对印度文化的"挑战"有了很成功的"回应"，中国知识分子间的那一次文化论争也没有延续得太久，战火也不十分旺盛（韩愈谏迎佛骨可算是最具火爆性的）。可是，清末西学东来，由于"欧风美雨"给中国文化的冲击太大，使中国文化的大殿，栋折梁崩，它与中国文化的冲突层面既广又深，使中国产生"三千年空前未有的奇变"，中国文化几乎完全丧失了自由"借取"与"选择"西洋文化某种优点的能力，而只有无可奈何地被迫地走向步步退却的道路，而形成社会文化的"解组"现象，我们要知道，其所以如此，主要是中国文化与西洋文化的"文化取向"有着绝大的差异。西洋文化的基本价值系统几乎完全超出了中国文化的适应极限，可是，这个文化学上的问题，不是当时的知识分子所能认识的，而当时西方文化之东来却是靠着"坚船利炮"而敲叩古中国大门的，这很自然地使西方文化与"船炮"被认为同一物，因而给予中国知识分子聊以自解（或理直气壮）的借口，即中国文化是败于船炮，而非败于文化之不如人。这实在是一极遗憾的"历史的偶合"，这项偶合是西方文化之东来不幸与当时西方政治上及经济上的扩张主义、侵略主义结合，这实在是西方文化的一变态或病态，但这一变态或病态却被认定为西方文化的全貌，这一现象给予中国知识分子"自我防卫机构"的一项抗拒的最佳理由，即西方文化并不足取，但为了保种卫国，西洋的技器却不能不用，于是乃有著名的"中学为体，西学为用"的口号出现，这一口号曾被多次改换为廉价的"折中主义"或"中西合璧"主义。另一方面，一些震于西方文化的冲击力，但又昧于西方文化本质的人，乃自然地走上盲目的"全盘西化"之路，并与"反偶像主义"结合，他们在中国近代史上与另两派（死硬的反洋主义及廉价的折中主义）演成三大鼎立的势力，而百年来，中国文化上的论争很少能跳出盲目的"全盘西化"派、死硬的保守派及廉价的折中主义三派的范围（只有一部分的西化派及保守派是能够突破这三个圈子的）。我个人以为这没有别的理由可说，唯一可说的是这三派人物都在"认知"上犯了残缺症，厚道一点地说，不论全盘西化派、死硬的保守派，及廉价的折中派，在道德上都是不坏的，但在理论上却不是偏失就是错误。因而，一百年来，中西文化的论争尽管非常热闹，从清末到五四，从五四到今日，这个论争虽曾衍化为许多可笑的形态与滑稽的面貌，但骨子里，仍然不脱"诉之情绪"的模式（陈伯庄先生认为这些都是童年的兴奋），许多皇皇大论，固然可以赢得许多喝彩之声，但如把他们的言论予以"煮干"，则可发现其大半是一些滥调与游谈。

二、一部具有认知意义的书

讨论文化问题，谈何容易，但中国知识分子向来惯于清谈、玄谈及做大模大样的策论性文章，因此，他们可以凭"想当然"的神驰意游的本事，大做其中西文化的文章，有的可以把中国文化"理想化"为一"自足的体系"，有的可以把中国文化"丑化"为一无是处的"断烂朝报"，前一阵子的"中西文化"论战，赤裸裸地陈示了中国知识分子的"君子风度"与"学术水准"，据我个人所看到的双方论辩水准，较之五四时代实在只有五十步与百步之别，而论争风度则显然"一代不如一代"。严格地讲，文化问题是一个复杂得足以令人止步的题目，而像中西文化这样的大题目，更是棘手，人类学家赖特费尔德（R. Redfield）与辛格（M. Singer）就曾指出，即使像汤恩比（A. Toynbee）及诺浦（F.S.C. Northrop）二人所陈示的观点也是不能令人满意或接受的。诚然，社会文化是一"全系统"（total system），它的复杂的性格有一种"多变项的因果关系"，因此我们不能拿古人所陈设的理想来代表中国文化，我们必须拿经过了"社会化"与建构化的文化现象作为分析的对象来帮助我们发现问题，但我们却不能效法亚历山大用剑劈开哥迪安结子来解决问题。近年来，我已渐渐养成一种看空洞长篇文字的耐心，因为我总是盼望我能找到一本能谈出点"道理"来的书，但大都总是以希望之心情开卷，而以失望之心情掩卷，直到前几天我看到殷海光先生的《中国文化的展望》一书时，我才算得到了一点安慰；我很愿意坚定地说这是五四以来一本谈文化问题具有认知意义且观念已经走向成熟的书；这本书的确说出了些什么，也解答了些什么。不折不扣地，这是讨论中国文化问题的一个新的里程碑。这是我愿意严肃地为这本书作书评的原因。

甲、本书的特色内容

这本书的特色是：本书系以一准系统（system-like）的模

态展开的，我虽不敢说作者的准系统是否已在本书中成功地建立起来，但我敢说，他是很认真严肃地照着他本书前面所陈示的所设部分（given part）而层层推展开去的，这种写法，在我们讨论一个复杂的问题的时候是有其必要的，在西方的学术性著作中，这是屡见不鲜的，但在中国则尚少见到，我以为要使问题有清晰地展露的机会，这种方式是值得采用的。（当然不是一件便宜的工作。）

这本书包含上下两卷，厚达八百六十八页，共十五章，我现在为了使读者易于了解其全面貌起见，特将章目陈列于下：

从前述本书的章目中，我们不难看出，"这本书的主题是论列中国近百年来的社会文化对西方文化冲击的反应。以这一论列作基础，试行导出中国社会文化今后可走的途径"（见本书序言）。这一份工作，可说是百年来中国知识分子的第一个关心的问题，从严复、胡适、梁漱溟、张君劢等先生以降，他们的努力大都环绕在这个题目上旋转，这个问题实在消耗了中国知识分子太多的心血。我们不能否认，在这几十年中，也的确出现过许多健康而有见地的议论，但是中西文化的问题始终在层层迷雾中打滚，而看不清一个清澈的方向，中西文化的论战变成个人追逐虚声的最佳且最便捷的道路，个人所提出来的见解，上焉者只能算是个人"意见"，下焉者则只是"意气"而已，但都逃不出主观的"价值判断"的格局（当然，价值判断是不可能完全避免的，但这并不是说我们可以把"是什么"与"应是什么"混为一谈，否则我们将分不开什么是"可能的"与什么是"可欲的"）。这样子谈中西文化，自然说不了什么，更解答不了什么，而殷海光先生这本书则已经谨慎地摆脱了价值判断的思想方法，能进一步用经验的解析的态度面对问题，唯有以经验的解析的态度来看中国文化问题，才能就事论事，拨开时俗流行的价值观念之雾，发掘真相，解决问题，这就是本书所以能具有认知意义的原因，同时，唯有能摆脱情绪的鼓动，才能做到"是山还它一山，是水还它一水"的田地，这样才能趋于学术与思想上的成熟。

乙、本书的优点

这本书的优点是随着它的特色而来的，但是，在这本书中所展露的锐见与洞识力则是因作者的学力与艰苦的思考而得，在这本书中，我们随时可以看到作者的创发力的显露与运思默识的痕迹。现在我愿意就本书的最特出的优点分点加以论叙。

（一）本书第一个优点是把中国文化的问题、中西文化的冲突问题放到一个世界的架构里去思考，这样一来，我们的视野扩及了全世界。作者说："近几十年来，有许多中国文化分子把西方近代文化对中国文化的冲击说成'文化侵略'……许许多多中国文化分子总觉得西方势力专跟中国作对，这种印象的形成，除了西方文化势力对中国文化的冲击力所造成的一般中国文化的挫折和不安等原因以外，是由于中国文化分子的视野不够开阔，只看见西方近代文化跟中国文化之一对一的遭遇，而看不见西方近代文化扩张时跟世界许多文化之一对多的遭遇"（页441）。同时作者还用麦克尼勒（W.H. McNeil）在《西方的升起》一书中的一幅图解来说明西方文化与非西方文化"一对多"的冲突的事实。这一个处理，实在是作者的深思之处，它可以解除中国文化分子许多不必要的情绪伤感与"种族中心主义的窘困"，而认清"中西文化的冲突"是怎么回事。关于这点，笔者年前曾写《传统社会的消逝》一文，介绍社会学者冷纳（D. Lerner）的思想，说西方文化如何促使地球上的"传统社会"向现代社会演进，也正是同一努力。我以为我们能把握这个认识，那么，我们才可以不会把"是什么"与"应怎样"的问题搅混在一起，在时人的作品中，容或也有谈到这一点的，但大都是"不自觉"中谈的，殷先生这本书则是自觉地着笔的。

（二）本书第二个优点是作者所用的方法的正确。方法论是做学问中最基础也最重要的一环，古人说"工欲善其事，必先利其器"，正是这个意思，但是国人的著作中很少措意于此，也因此常常发生未能"操刀"就来"割"的现象，这可以说是中国式的学者的文字流于滥流于混乱的主要原因之一。作者虽没有在本书中陈明他所用的方法，而只简略地说出他的运思为学系以现代逻辑、经验论、实用主义以及必要的价值观念为主导，但是，笔者从他全书所展现的内涵及方法来看，他显然是采用了现代的行为科学的方法的，特别是他采用了行为科学学者所重视的科际整合的方法。作者所陈述的观点，论证大量地采用了心理学、社会学、人类学、民族学、精神分析学等一般公认的知识作为基础，而摒弃了凭空的玄想与主观的独断，逻辑解析可以使我们不至于跌进玄思的迷宫，而经验科学的整合的方法则可以使我们的论点迫近科学的真实。说句实话，自五四以来（五四以前不必谈了）的文化论争大都是空谈与游谈；其所以如此，实由于任何一方面所提出来的论点都是个人的意见（claim），而不是经验的事实，他们谈文化问题大都脱不了过去"策论"性的模态。要知道，谈普通问题凭普通常识、灵感还可以充充场面，一涉及文化问题就不免流于浮浅了；要谈文化问题，起码需要具备现代的科学（特别是行为科学）的知识。到现在为止，人类的智慧还没能建立一个"统一的文化科学"（a unified science of culture），所以我们不能不努力地从各个学科中去发掘必要的知识，以为讨论的基底。中西文化的冲突，严格说来就是一社会变迁的问题，要了解社会变迁的原理，我们就不能不了解人类学者所研究的文化与原初社会，社会学者所研究的社会结构以及心理学者所研究的"人格形成"等，基此，海根博士（E.E. Hagen）在其大著《社会变迁的原理》（*On the Theory of Social Change*）中就强调了科际整合的必要性。而他的大著就是建立在这个知识基础上所展开的"系统分析"。"系统分析"的方法在物理科学中已普遍使用，我们要想了解社会科学中各现象的因果关系就不能不借助于此，殷著虽没有非常成功地达到此点，但他已庶几乎近之了。

（三）本书的第三个优点是本书的写作是以现代的逻辑解析训练为主导，因而，他所陈示的"准体系"可说是一个"分析的型模"（analytical model）的建立。当然，"分析型模"的建立在社会科学中是非常困难的，因为除非我们能理解并掌握社会现象的各种"功能的关系"（functional relationship），否则我们几乎无法着手。殷著似乎怀有了这样的野心，虽然他的成功并不十分圆满，无论如何，我们应欣赏他这种孤冥苦思的努力。譬如第二节，他以全章来写"什么是文化"，在这章中他又绝大篇幅转述人类学者克鲁伯（A.L. Kroeber）和克罗孔（Clyde Kluckhohn）的《文化：关于概念和定义的检讨》（*Culture: A Critical Review of Concepts & Definitions*）一书来分析文化的意义。克鲁伯与克罗孔此书是一名著，但实是一煮干的书，全书就是在陈解一百六十四个文化的概念，这一章，严格地说，不应该在殷书中出现，至少不应占许多篇幅。但是我们却不能不了解作者的动机，因为近代中国知识分子，从大学士倭仁，1867年给同治皇帝的奏折算起，到现在已经九十八年，在这近百年的文化论争中，从文言的论争到白话文的论争，不知白了多少人的头发，也不知浪费了多少纸墨，可是大家却是随意地谈文化，把"文化"看做一团面粉，可以使之圆，也可以使之方，可以使之短，也可以使之长，大家都是让文化来贴就自己的意见，而不去理解什么是文化，于是此一是非，彼一是非，根本没有一共同的认知的标准。作者说："在这么多的争论之中，大家都忙着各抒己见，或者抨击对方，然而，如前所述，关于文化究竟是什么这个基本问题，却很少人去把它弄清楚到一个足够的程度，这也许正是近代中国文化问题之一吧！"（页29）的确，"文化"一词意义的混淆是中国文化论争不容易产生结果的主要原因之一，伏尔泰（Voltaire）说过这样一句话："假使你愿意和我说话，请你先把你所用的名词下个定义。"我以为这是中国近代知识分子应该引为座右铭的。

（四）本书的第四个优点是本书所探索的角度非常广而所发掘的层面却非常深。这当然与我前面所说的几点有关，因为"科际整合方法"的运用就是广度与深度的双轨发展。说文化问题，如果只知其一而不知其二，就失之偏颇；如果只知其表面而不知其内层，就是隔靴搔痒。作者的勤读（我们从他书中的注脚可得证明）使他能广，作者的"透视力"（随处可见）使他能深，我以为第三章、第四章、第五章最足以支持我的说法，也是本书的精华所萃，特别是第三章中谈"文化的变迁"、"本土运动"、"文化特征"、"文化价值与生物逻辑过分违离的问题"、"文化所在的层次、原料和功能"，第四章中谈"家"、"中国社会的基型"、"社会的层级"、"我族中心主义"、"隔离和心理凝滞"、"合模要求"及第五章中谈"家的瘦化"、"孔制的崩溃"、"本土运动"、"代间紧张与冲突"几节，从中不时可以体味作者的苦思与创力。就对中国文化特质与缺点的分析，西方文化冲击的本质，义和团事件、五四运动的评价以及最近"接棒事件"的看法，在在都证明作者已突破"古、今、中、外"的观念的限制，挣断人间关系的纽带，而客观地陈示了真相，这不仅需要心智的诚实，还需要心智的勇气。

（五）本书第五个优点是作者思考的成熟（特别是相对于一般知识分子而言）。这一优点也是与上述几点有其关系性的。中国百年来的知识分子，由于气盛于理，情绪的鼓动掩盖了认知的努力，大都脱离不了作者所举列的"受挫折的群体情绪"、"传统跟随"及"心理方面的违拗作用"三种心理上的迷雾，所以，"对中国文化很难不落入拥护和打倒这一风俗习惯之中"（页3），要不就落入调和折中的和事佬思想中。五四以来，不能否认，"西化"派可算是得势的一派，这一派的得势随着保守派的无力与西方科学技术的日益发达而加增，但近几年来，有些全盘西化论的主张者已放弃了五四当年西化派的重新估价的论辩态度，而走上为反对而反对，见古就打的"反偶像主义"的道路上去（反偶像主义常激起反反偶像主义）。这大都是出之于一种"心理上的违拗作用"，其不受理智的导引，而任凭情绪的驱迫则与僵固的传统主义者了无所异，不过九十九步与一百步之别而已。全盘西化论者，从最好的观点看，他们的动机在道德上是不错的，因为他们希望中国快点西化、现代化，以走上强国之路，但理论上则是不可能的。殷海光先生说得妙："严格地说，主张全盘西化的人，连'全'、'盘'、'西'、'化'这四个汉字也不能用，用了就不算'全盘西化'"（页412）。作者在书中对西化主张的批评，划分为两个层次：（A）是全盘西化有否必要，这是一个价值判断的层次；（B）是全盘西化有否可能，这是一个经验事实的层次。作者指出'全盘西化'在价值判断上言既无必要，在经验事实上又无可能，实是极深刻而正确的。关于此，笔者年前在中国文化学院为新闻系全体同学所讲的"隔着太平洋的二重相思"的一篇讲演中，也恰恰用这个方法批判了全盘西化论者。殷海光先生在本书中，有这样的严肃的批评："近半个世纪以来，中国有许多'新青年'厌恶旧的。有条件地厌旧是可以的，无条件地厌旧则不可，对于旧的事物保持一个合理的保守的态度，可以构成进步求新的动力"（页280），"批评旧的价值和道德伦范是可以的，但是，批评这些东西，并不等于一概不要，一概不要则归于无所有，完全无所有则生命飘荡，而启导性的批评可能导致价值世界的进新"（页73）。他更进一步指出："我无从同意对人造的学说'要接受就得整个接受，要反对就得整个反对'这种原始而又天真的态度！社会文化的发展是具其连续性的，于是抽刀断水水更流，我们想不出任何实际的方法能将传统一扫而空，让我们真从文化沙漠上建起新的绿洲。为维护传统而维护传统固然没有意义，为反对传统而反对传统也没有意义。"（页616）作者这些观点是以文化学、人类学的知识为基底而说的，这显然是五四以来文化论争的尘埃落定后的清明的审察，作者说这些话，绝不是时下流行的廉价的文化观，他既扬弃"反偶像主义"，也不愿作知识上和道德上的乡愿主义，或知识或道德上的折中主义者（页603），而是以各种科学（不是玄思）做根底，从新"创建一个新型的文化"（页458）。他所提出的是"现代化"的道路，他说"不接受现代化，只有灭亡"（页54），而中国的现代化必起于对中国文化内层的改造，即其基本价值、道德伦范和重要思想的改造（页472），主要的是通过"启导性的批评"以导致"价值世界的进新"。作者所谓中国文化的进新是放在一世界架构上谈的，他说："中国文化是'世界文化'大家庭的一个分子，而且确实是一个重要分子，何况中国文化在道德方面过去曾有重要的建树，作为中国文化分子之一的人，有义务也有权利将中国文化在这一方面的优长加以更新。"（页633）鉴于这个认识，作者在"现代化的问题"与"道德的重建"两章中（特别是后者），投注下无限的心力。这也许是作者用力最多的所在，这两章所陈示的论点虽然有显得脆弱的地方，但别忘这是一件极艰难的工作，可是整个的观点则是走向成熟的了，至少已经为这方面的问题作了成熟的思考。这两章，强烈地透露了作者在文化上的世界主义（cosmopolitanism）气味，及在感情上的民族的区域主义（provincalism）性格。

丙、本书的瑕疵

写书评是不能戴有色眼镜看的，否则所看到的不是所要看到的对象的颜色，而是眼镜本身的颜色。这样对作者是一不公平之事，对读者则是一侮辱欺诈之事。我想写书评至少应有一种"心智的完整"，对于一本书的优点、缺点都应该指出来，当然，假如这本书是毫无瑕疵的话，那么，我本可以"此诚巨构也"一语打住了，但事实上，殷书是有瑕疵的，至少我个人认为有。

（一）本书的第一个瑕疵是本书在结构方面没有严守"系统分析"的方法。尽管作者并没有明言他是用"系统分析"着手的，但在他的序言里至少透露了这样的消息。因此，我个人以为至少"民主与自由"、"世界的风暴"及"知识分子的责任"三章不应该放到这书里，尽管这三章有极精辟的言论，有很深挚的责任感，但这里所陈示的与全书所作的"分析型模"的努力恰巧背道而驰，因为这三章里，大都只能算是作者个人思想的倾向和主张，而不是中国文化发展的经验事实的分析。因此，我觉得这三章是有害于全书的结构与方法上的统一性的。当然，作者的目的在"试行导出中国社会文化今后可走的途径"，那么这三章又似乎是应该保留的，可是，无论如何，从本书的书名，特别是本书的英文名字"Reappraisal of Cultural Change in Modern China"来看，这三章是可以不要的。最好的办法是换一个面向来讨论（这一点我后面还要谈到），可把这三章放到本书的附录里去。

（二）本书的第二个瑕疵是作者自觉与不自觉地为"传统"与"现代"两个对立的观念所限制，而忽略了传统与现代之间的"过渡"这一个面向的中国文化问题，特别是百年来的社会变迁，我们不能不考虑到社会结构、经济组织，因西方技术输入而引起的无形但却重要的变化，这些转变事实上已改变了中国文化的面目，改变了中国知识分子的地位，这我们只需看一看现在的社会结构，及新兴的社会秀异分子的角色就可了然。现在中国的社会已不像从前那样的富有单一性，而是走上了繁复性的道路，中国现代社会的基型已不是纯粹的顿尼斯（F. Toennies）所说的通体社会（gemeinschaft）或联组社会（gesellschaft）所可说明，中国现代社会正进入通体社会与联组社会的中间地带，特殊主义（particularism）已渐趋向普遍主义（universalism），功能普化的（functionally-diffuse）已渐趋向于俗世化的。总之，传统社会的基型已在瓦解，但现代社会的基型则尚未建构化，中国社会正进入到一个过渡社会中，而中国人（特别是中国知识分子）已成为一过渡人，而过渡人则生活在一"双重价值系统"中，过渡社会是一"广大的发展的持续面"（larger developmental continuum）及"一动态的范畴"（a dynamic category）。殷先生的著作中似乎不自觉地为"传统"与"现代"的"理论上的两级性"（theoretic polarization）所制限，而没有看到（至少没有强调）传统与现代之间的"过渡"这一个面向；这是许多西方学者所忽略的，但最近学者们已努力纠正了这一缺憾，奥门（G. Almond）、李维（M. Levy）、冷纳（D. Lerner），特别是雷格斯（F.W. Riggs）等已成功地弥补了这项缺憾。我以为我们如能把握"过渡"这一面向，那么对中国文化的展望会有更贴切的理解。

（三）本书第三个瑕疵是作者在严格的分析方法中偶尔"技术犯规"，而不免有"感情走火"的现象发生。人是有感情的动物，特别是在讨论与己身有关系的文化问题的时候，常会自觉或不自觉地掺入个人的好恶的气氛。殷书虽然是我所看到的"技术犯规"极少的一本，但由于作者的一种"心智的傲慢"（一个有学术见解的人，在中国现阶段的知识水准里，常易于有这种心智上的趋向），使他的知识上的客观性受到了伤害，我这里不想作细节的枚举，而只指出一个事实，即作者在第九、第十两章中并没有给另一个重要的主张安放一个适当的位置，这一个重要的主张即唐君毅、张君劢、牟宗三、徐复观四位先生在1957年前所做的文化上的共同宣言。姑不论这个主张的内容是否应予赞同，这是另一回事，至少这是五四以来一个思想上已趋成熟的看法，他们的见解正代表了新儒家的观点（如宋儒称为新儒家，那么他们应该是新新儒家），也代表了一个文化上的重要运动，而这个运动并不是西化派与中体西用说所赅括，因此，他们应占有一相当的位置。殷先生可能对他们的思想模态不能有所欣赏，但作为一本以解析方法讨论中国文化问题的书，作者有责任承认他们的位置，假使不予以

"学术上"的，也应给予"历史上"的位置；事实上，地球上有许多被西方文化冲击的传统社会，都普遍地发生了"新传统主义"的运动，中东的埃及、叙利亚、伊朗等如此，亚洲的泰国、锡兰等亦如此，不管你高兴不高兴，新传统主义的势力正在"过渡社会"中渐渐扩张，因此，殷著把这一现象有意无意地忽略，构成了本书的脆弱点之一。

（四）本书的第四个瑕疵是作者在讨论中国文化时没有给中国社会中的最重要的制度——科层制度（bureaucracy）一个突出的位置。中国基本上是一个巨大的科层制度国家，我们要了解中国社会，要了解中国文化，这是一个关键性的锁匙，我们拿不到这把锁匙，对中国文化，中国社会就难以窥见其全貌。殷著对科层制度不是没有讨论，而是没有给予应有的比重。中国文化中最影响知识分子的就是"内圣外王"的思想，一个知识分子的自我完成，必须经由诚意、正心、修身、齐家，进而治国、平天下，前半截是"内圣"功夫，后半截是"外王"事业，学者的工作只是"内圣"功夫（中国思想中最重要的是伦理思想），官吏的工作才是"外王"事业（中国思想中与伦理思想有同等重要性的是政治思想）。从中国的文化意识与社会结构来看，"士大夫王国"与"官僚王国"是相通，甚至是重合的，殷著注重了前者，而忽略了后者。

（五）本书第五个瑕疵是作者对某些重要词语的内涵的解释说得不够清晰与透彻。譬如"现代化"一词，作者仅以"俗世化"（secularization）与"革新"（innovation）两个观念来说明，这是绝对不够的，"现代化"一词可以从经济学、社会学、政治学各种观点来观察，但至少除作者所提出的"俗世化"、"革新"之外，现代化之内涵尚有"都市化"、"工业化"，"普遍参与"、"媒介参与"以及"高度结构分歧性"等观念。再如作者对"通体社会"、"联组社会"这样重要的词语也讨论得不够清晰，而作者整个理论的发展却似乎是以这些观念作基底的。此外如对"权威"（authority）、"发展"（development），"始源团体"（primary group）等词语的解释也有修正或加强的必要。

三、结论

殷海光先生的《中国文化的展望》一书，认真地说，还有许多优点可陈，也还有许多瑕疵可列，但这篇"准书评"似乎已写得太长了，我不得不赶紧收笔了。但在收笔之前，我愿再说几句话，以为结论。

《中国文化的展望》一书，是一个专业的思想者，以他相当深厚的知识训练为基底而完成的一本具有独立的创建性价值的书。它的确说出了些什么，也解答了些什么。从这本书中，我们也许看不到太多替中国文化宝殿作的五光十彩的文饰，但是，我们却可以看到一些在文化残基上辛勤重建的砖石与资料。当然，不同思想模态的人不一定会欣赏这本书，相同思想模态的人也不一定会完全满意这本书。事实上，像中国文化问题这样的大题目，绝不是任何一个人可以谈得周延与完整的。作者说："这本书，算是我为研究并且思想中国近百余年来社会文化问题一个简略的报告，我希望这个报告对追求这个关系重大的问题之解答上可能多少有些帮助，我自知我的能力有限，可是我的愿力却无穷，我的这个工作只能算是一个草创的工作。"（页4）我想，这并不完全是作者的谦虚，而是在接

触到这样一个问题时令我们不能不谦虚，我们与其钦佩作者的
"能力"，不如欣赏作者的"愿力"。虽然我个人对作者的能
力与愿力是钦佩欣赏兼而有之的。

原刊1966年4、5月《大学生活》第四、第五两期